Shiina, Randy & Felici
「桜　姫」

「シーナ捜査官、一週間、よろしく頼む」
にこりともしないまま、じっと、
まっすぐな瞳が射抜くように
シーナを見つめて言った――。
（本文P.60より）

桜姫

水壬楓子

キャラ文庫

この作品はフィクションです。
実在の人物・団体・事件などにはいっさい関係ありません。

目次

口絵・本文イラスト／長門サイチ

庭には大きな桜があった。ホンモノの、桜の木が。

雪のように花びらが舞い落ちている。

霞《かす》むようなその景色の中に、人が一人、うずくまっていた。苦しげに膝《ひざ》をつき、肩を大きくあえがせて。

——いや…、それは「ヒト」ではなかったのかもしれない。

引きちぎられたような服の間から、透明な膜がその身体《からだ》を覆っていた。が、すぐにそれは背中から生えた大きな羽のようなものだと気づく。

そう…、普通の人間は羽なんか持っていないはずだから。

そんな「自分たちとは違う存在」については、彼にも知識はあった。それはすでに、この時代では身近なものとなりつつあったのだ。

だけど、幼い彼が実際に見たのは初めてで。

——何だ…？

と、思った。見た瞬間は。

しかしそんな違和感よりも、驚きよりも、そして恐怖よりも、それはある種の衝撃——、だったのかもしれない。

身体を包みこむようにたたまれていた羽が風にそよぐようにして頼りなく揺れ、桜の花びらを背中の上で乱舞させた。

心を奪われる、というのだろうか。頭の中は真っ白なまま、彼はその幻想的な光景を瞬きもできずに見つめていた。

いつの間にか手にしていたボールがぽとりと落ちて、それは転々と小さく弾んでその人の方へと転がっていく。

その気配にようやく気づいたように、うつむいていた白い面差しがハッと上がった。

瞬間、息が止まる。ゾクッ…、と背筋が震えた。

夕陽《ゆうひ》を弾いて光るプラチナの髪。花びらをまとわりつかせ、風に揺れて透明に大きく広がる羽。そして、吸いこまれるような金色の瞳――。

それは禍々《まがまが》しいほどの美しさ、そして危うさをはらんでいた。

恐い――という感情が、喉元《のど》までせり上がってくる。

今まで感じたことのない種類の恐怖だった。生まれて、まだたった三年と半分くらいだったけれど。

美しい、と、恐い、という感情が同居できるものだと、初めて知った。

目の前の存在が異質なモノだと、肌で、感覚で悟ったのだ。

人が見てはいけない、出会ってはいけない、そんな存在――。

『あ……』

目を離せないまま、ただかすれた声がこぼれ落ちる。

ザッ…と全身に鳥肌が立った。

――危ない――。

と、思った。ここにいてはいけない。逃げなければならない。今、すぐに――!

頭ではわかっていたのだ。幼い本能でも、確かにそれを感じとっていた。

だが地面に足が縫い留められたように、彼は動くことができなかった。

荒い息を吐き出しながら、何かを探るようにじっと、その妖《あや》しい金色の瞳が彼を捕らえる。

ようやく息を継ぐことを思い出した彼は、とっさに逃げようとした。

が、その時、その人は激しく咳《せ》きこんだ。身体を折り曲げるようにして胸を押さえ、地面へ片手をついて。

本当に逃げ出したいくらい恐かったけれど……でも、とても苦しそうで。

『大…丈夫……?』

おそるおそる声をかけると、彼は勇気をふり絞って少しだけ、近づいた。

少し息を整えたその人は、思い出したように手を伸ばして目の前のボールをとると、そっと彼に差し出してくる。

にこりともしないままに。

ごくり、と唾《つば》を飲みこんで、彼はさらに近づいていった。

そう、このボールを残しては帰れなかった。父親に買ってもらったばかりの、大事なものだったから。

彼は差し出されたボールにおずおずと手を伸ばして——しかしそのボールは、彼の手に渡る前にその人の手からコロリ…、と転げ落ちてしまう。

あるいは、それはわざと、だったのかもしれない。

しかし彼は、その手にすでにボールがないことにも気づかなかった。

空になったまま近づいてくる白い指をじっと見つめるだけだった。

まるで催眠術にでもかけられたように、避けることもできず、目をそらすこともできないまま。

不規則な、苦しそうな息づかいが耳に届く。

伸びてきた指が彼の顎《あご》に触れる。両手が、彼の頬《ほお》を包みこむ。

瞬間、全身が硬直した。

それは氷のような冷たさだったのか、炎のような熱だったのか。

触れられた部分から、焼けるような痺《しび》れが走った。

……すまない……。

と、透き通るようなその声は、頭の中に直接、響いてきた気がした。

苦しげで。つらそうで。

とぎれがちな荒い吐息が頬をかすめ、顔が引きよせられた。目の前に大きく、そのきれいな白い顔が近づいてくる。

何をするつもりなのか――、ということさえ考えられなかった。

引きよせられるまま、唇が重ねられ、舌が口の中にすべりこんできて。

ザッ……！　と全身に鳥肌が立つ。何をされているのかもわからなかった。逃げ出すこともできずに、ただされるまま……彼は身動きもできなかった。

しかしすぐに息苦しくなって、ようやく我に返る。そして反射的に逃れようとしたが、頬を挟まれた手の力は強くてふり払うことができない。もとより、おとなと子供なのだ。

その行為の意味などこの時の彼にはわからなかったし、……実際、今でもわからない。

必死にもがいてようやく唇が離れ、しかしそれさえも気がつかずに、ただ呆然《ぼうぜん》と、彼はその人を見つめていた。

そして、それがきたのは突然だった。

いきなり、身体の奥から突き上げるような激痛に全身が貫かれる。

『ぐ……っ……、う…………！』

痛くて。熱くて。

脳みそが吹っ飛んで、全身がバラバラになりそうだった。

『アァァァァ――――――！』

自分でも知らず絶叫が喉を裂く。胃の中がかきまわされるように気持ち悪くなって、地面をのたうちまわった。

いったい自分の身に何が起こったのかわからなかった。いや、それからあとも、自分の目の前で起きていることが、まったく理解できなかった。

ものすごい突風がいきなり身体をたたきつけたかと思うと、目の前にいたその人の表情がわずかに動いた。

と、次の瞬間――。

ドォン……！　という耳をつんざくような大音響が大地から響き渡り、彼は思わず身を縮める。

気がつくと、まわりは一面、火の海だった。

自分の背丈を超える炎が立ち上り、今にも彼を飲みこんでしまいそうなほど。

だが、そんな危機感もどこか遠かった。

――何……？　何だ……？

熱と痛みと。そして目の前で起こっている信じられない状況に、思考は完全に停止していた。

息が――苦しい。

薄れていく意識の中で、ただ桜の木がまるで悲鳴を上げるように大きく燃え上がっているのがまぶたに残った。

涙のように、花びらが火の粉になって飛び散っていた――。

※

※

「……む――……」

低くうなりながら、昔ながらにリンリンと鳴り響く目覚ましを殴りつけるようにして止め、シーナはのっそりとベッドへ上半身を起こした。

夢見が悪い。頭がボーッとしている。

ふだんから寝起きが悪いことをさっ引いても、その原因はわかっていた。

そして、それをとり除くことは彼の力では不可能に近い。

しばらくベッドの上で半分眠った状態ですわりこんだまま、シーツの中へ潜りこんで枕を抱きしめたい欲求と静かなる戦いを続けたのち、なんとか理性が勝利する。

肩から大きく息を吐き出し、頭をかきながら、彼はのそのそとベッドを降りた。

『おはようございます。標準出勤時間十五分。定時出勤の二十五分前です』

大きなあくびをかましながら寝室から一歩リビングへ足を踏み出すと同時に、天井から女性の声が降ってくる。

眉をよせ、彼は短く舌を打った。

調整された耳に心地よい自動音声だったが、シーナはこんなふうに時間に管理されるのは好きではない。

デイリー・サポート・プログラムはオフにしていたはずだが、おそらく勝手に鍵《かぎ》を開けて遊びにきた相棒が勝手にオンにしていったのだろう。嫌味なヤツだ。

確かにシーナは、朝はそれほど強くはなかったが、しかし遅刻は……十日に一度くらいしかしてない。はずだ。

——もちろん、いばれることではなかったが。

『今朝の順番《オーダー》は？　マスター』

「シャワー、メシ、着替え」

続けて尋ねられ、まあ、準備してくれるというのならたまには使ってやるか、と、シーナは声に出して命令《オーダー》した。

『確認しました。残り時間から逆算して、シャワー六分、食事八分、着替え十一分が標準所要時間です』

……こんなふうに決められるのが嫌なのだ。

うんざりしつつも、そのままバスルームへと向かう。

パジャマも部屋着も区別のないよれよれのスウェットを脱ぎ捨てて浴室へ入ると、上下左右の壁から温度調整された湯が心地よく身体にたたきつけられる。……シーナの好みから言えば、もう少し熱い方がよかったが。

まあ、こういう生活補助システムも細かい微調整をして、自分できちんとカスタマイズすれば、かなり快適に使えるのだろう。睡眠時間や、食事や、入浴や、そんな日常の自分に必要な時間を設定し、入力さえすれば日々の食事のメニュー、焼き加減に煮加減まで調整してくれるようだが、シーナにはそんなヒマも根気もない。

もともより不規則な彼の仕事では、食事に要する時間もケース・バイ・ケースで、設定のしようもないのだが。

頭をすっきりさせるために、計算してくれた標準より三分長めにシャワーを浴びて、着替えをしながら、可もなく不可もなくでき上がっていた朝食をとる。

設定をしていなかったので、どうやら標準の、サラダと目玉焼きとトーストとコーヒーだった。おそらくは標準の塩加減で。そういえばコーヒーだけ、好きな豆の種類とブラックを設定した気もするが。

『定時出勤時刻となりました』

ちょうど着替えと食事を終えたあたりでそんな声がかかるが、シーナは無視してもう一杯、食後のコーヒーを楽しむ。

カップを手にしたまま何気なく窓辺へと近づいてスイッチを押すと、リビングの壁一面を覆っていたシェードがいっせいに開き、現れた窓ガラスには延々と続く桜並木が映し出されていた。

風に揺れる枝や、舞い散る花びらまで、手を伸ばせば届きそうなほどリアルに再現されている。ホログラムだ。

外宇宙時代に突入し、西暦《AD》が終わってすでに百年——。

空を見上げれば流れ星のごとく宇宙船が行き交い、いくつもの人工資源星も太陽系を巡り、

テレビの中のエイリアン・タレントだけでなく、普通に道行く人間の中にも明らかに異星人が混じっているのがあたりまえになっている――そして奇異の目で見る人間も少なくなった――この新世紀《csc》に入ってさえ、日本民族の桜への思い入れは消えないらしい。やはりＤＮＡに刷りこまれているのだろうか。

暦《こよみ》三月二十日の昨日をもって、D.T.――District Tokyo 東京《とうきょう》地区――は「春」を迎えたらしい。

要するに、街中、いたるところに桜のホログラムが張り巡らされたのである。

季節に合わせた癒しの空間造り――とかいう行政の国民サービスの一環らしいが、余計なお世話だ、とシーナは内心で毒づく。

この時代、まるで壁紙をとり替えるように都市の風景は周期的に、お手軽に変わっていく。

……あるいは、季節的に、と言うべきかもしれないが。

シーナには悪夢の季節だ。……別に桜自体に恨みはなかったが。

そして決して嫌いなわけでもなかったが、やはり桜はあの幼い日の記憶と結びついている。

ぼんやりとニセモノの桜並木を見つめながら、シーナは苦めのコーヒーをそっと胃の中に落としこんだ。

子供の頃から何度も繰り返し見る夢だったが、いまだに慣れない。

友人たちにはずっと、カウンセリングを受けろよ、と勧められていた。そうすればすっきり忘れられるから——、と。

そう…、確かにそうなのだろう。

だがシーナは、その記憶を忘れたいと思っているわけではなかった。むしろ、忘れてはいけないものだと思っていたから。

思い出すたび、焼けるような熱と頭が割れるような痛み、そして胃がよじれるような嘔吐《おうと》感がこみ上げてくる。……が、それでも。

覚えていなければならなかった。

あの日、シーナは孤児になった。

一瞬にして起こった業火にすべてが焼き払われたのだ。家も、財産も、家族も。

苦しむ時間さえなかった——、というのが、死んだ両親と姉にとっては唯一の救いだったのだろう。

遺体さえ、まともな形でシーナの手元には帰ってこなかったけれど。いや、ただ一人残された三歳の子供には、そんなことさえも無意味だったかもしれない。

二十五年がたった今も、あの事件は未解決のままだ。

実際、あの場で気を失っていた自分がなぜ生きていたのかもわからない。

現場の状況や、生き残ったシーナのおぼろげな証言もあり、異星人の関与が疑われたが、事件の背後関係はおろか、該当個体も浮かばなかった。

むろん、今よりもずっと異星人に対する捜査が難しかった時代だ。当局は、なかば初めから捜査をあきらめていた。

そして当時の幼かった自分には、どうすることもできなかった。自分の身に何が起きたのかさえ、その時はうまく把握できていなかったくらいだ。

家族を失ったシーナは、会ったこともない遠くの親戚《しんせき》ではなく、血のつながりもない近所の人たちの手で育てられた。いわゆる下町と呼ばれる、人情という言葉がまだ生き残っていた地域だったのだ。

打算のない人たちの温かさの中で、成長するにつれてようやく少しずつ自分のおかれた状況が飲みこめてきて。

一瞬にして自分からすべてを奪った者に対して、もちろん憎しみはある。あの時のエイリアンが今、目の前に現れたら、ぶち殺したいくらいに。

だがその前に聞きたかった。

いったいあの時、何があったのか、と。なぜ、家族は殺されなければならなかったのか——、と。

だから桜の季節になるたび思い出し、忘れないように胸に刻む。

もっともあの時出会ったエイリアンの顔を、シーナは覚えてはいない。

ただ震えるほどにきれいだった、ということ。そして天空に広がる透明な羽と、金色の瞳と。

桜の舞い散るイメージ――。

羽や翼――的なもの――を持つエイリアンは、現在地球と交流がある種族だけでも数十種類はある。シーナがまともに覚えていない以上、特定することは不可能だった。

それでも彼が刑事という職業を選んだのは、やはり追いかけていたからかもしれない。

そして現在、彼が所属しているのは、「コード9」と呼ばれる対エイリアン特別対策セクションだった。もともと希望者の少ないその部署に、志願して入れてもらったのだ。

連合加盟国で結ばれた条約によって、異星人の関わった犯罪に時効はない。被害者側であっても、加害者側であっても。寿命も時間の長さの感覚も、それぞれにまったく違うからだ。

ただあの事件の捜査自体はすでに打ち切られていて、事実上、未決のまま埋もれていた。なにしろ捜査をしようにも、あたり一面焼け落ちて証拠も何も残されてはいなかったのだ。

だが彼の中では、何も終わってはいなかった。

あの人が……家に火を放ったのだろうか？　だが何のために？

そしてなぜ、自分を生かしておいたのか――。

その答えを知るまで、事件は終わらない。

もしかしなくても、あのエイリアンはあの時に死んだのかもしれない。死体が残らなかったというだけで。

だとすると、永久に答えを知ることはできないのだろう。

それでも……生きている限り、捜すしかない。

それがたった一人残された自分の責任だと思っていた。

……それがわからない限り、きっと自分はあの金色の目に捕らわれたままなのだろう。

『定時出勤時刻を十分、超過しています』

「おっと」

その声にうながされて残りのコーヒーを飲み干すと、シーナはあわててブルゾンと銃をひっつかみ、部屋を飛び出した――。

椎名《しいな》千秋《ちあき》――仲間たちはたいていシーナ、と呼ぶ――二十八歳。
性別、男。

……名前はともかく、百九十をゆうに超える長身と、ガタイのよさ、精悍《せいかん》で野性的な風貌《ふうぼう》を見ればもちろん当然だとも言えるが、この時代、見てくれだけではまったくわからない場合も多かったりする。

そして、職業――刑事。

階級は「捜査官」だったが、彼の所属するセクション内では階級はみんな横並びで、その扱う事件、対処の特殊性のため、捜査権も階級以上に拡大されている。

地球人類が地球外生命体――いわゆる「異星人」と遭遇して、すでに五十年以上。

あっという間にそれぞれの星間交流が活発となり、近年、ものすごい勢いで地球人の外惑星への移住が進み、と同様に、地球へのエイリアンたちの来訪、移住、移民もあたりまえのこととなっていた。

それにともなって、その異星人たちが起こす、あるいは巻きこまれる犯罪も多発するようになる。

コード9――と呼ばれる対エイリアン特別対策セクションは、それにともなって数年前に地球各地に新設された特殊チームだった。

宇宙時代に入った現在、「地球」が一つの政治の単位となった中で、一行政都市である日本――コモンウェルス・ジャパン――の行政機関はすべて霞ヶ関《かすみがせき》に集中している。連邦犯罪捜査局の日本支部もそこにあり、コード9のオフィスはその中にあった。

行政だけでなく、経済、文化、情報の中心はすべて、核都心《コア・シティ》と呼ばれるD.T.の中央にあるのだが、それをとりまく住宅エリアから核都心内のメインロードにはエアブリッジが敷設されている。

空中につながる強化プラスチックチューブの中に流歩道を走らせているわけだが、サポート・プログラムのルート計算したシーナの部屋からオフィスまでの「標準出勤時間」というのは、その上を通常の速度で歩いた場合の時間である。

……つまるところ、たらたらと歩いていては遅刻は間違いないわけで。

少しばかり通勤ラッシュ気味で、せかせかとエアブリッジを歩くサラリーマンたちをシーナはランニング程度の小走りに、ひょいひょいと背後から追い越していく。……危険な移動には違いないので、本来は道交法違反というところではあるが。

住宅エリアを抜けると、みるみる目の前に高層ビル群が迫ってくる。そして核都心内の行政区である霞ヶ関が近づいてくると、さすがにこの時間、あたりを通るのは公務員だけになり、エアブリッジも空《す》いてくる。

ようやくシーナは歩を緩め、腕時計にちらりと視線を落として、ホッと息をついた。

どうやら間に合いそうだ。

そして気がついたようにあたりを見まわすと、空中にかかっている橋のようなこのエアブリッジからシースルーの壁を抜けて、ここにも眼下には桜並木が広がっていた。もちろん、本物ではないが。

都市の緑化も進み、いたるところに天然の緑も目についたが、それを補うようにオフィスビルの壁には季節ごとのホログラムが投影されている。

ハァ…、とため息を一つついて視線を前方にもどしたところで、シーナの目に見慣れた黒い尻《しり》がちらりと、道行く人の間にかいま見えた。ひょろっと細いしっぽのついたヤツだ。

お、と思い、軽快にステップを踏むようにして、シーナはそれに近づいた。

前を歩いていたのは、一匹の犬だった。……見かけ上は。

なめらかな筋肉の張った背中がちょうどシーナの腰の高さくらいまであり、サイズとしてはかなりでかい。全身真っ黒な、艶《つや》のある短い毛並みで、細いしっぽがパタパタと揺れている。

今朝のご機嫌はまあまあらしい。

さすがに鼻がきくのか、気配に鋭いのか。

シーナが声をかける前に、その犬がふっとふり返る。

「めずらしいな、シーナ。定時出勤か」

ちろっとどこか不遜《ふそん》な眼差しでシーナを見上げて、その犬が口を開いた。

そう、地球人からしてみればどこから見ても犬にしか見えないこの男——性別はオスだ——は、シーナの同僚で、相棒だった。

ブラフワーン人——つまるところ異星人だ。この姿が標準型らしい。

まだまだ未知の部分も多いエイリアンを相手にするにはやはりエイリアン、ということなのか。エイリアンへの偏見を持たないようにする、また持たないようにしているということをあえてアピールする意味もあるのだろう、対エイリアン特別対策セクションの半分はいろいろな星からのエイリアンで構成されていた。

ランドルフ・ルーティ——、というのが、音でいえばこの犬の星の発音に近い、地球で登録されている名前だ。

たいていの仲間たちは彼のことを「ランディ」と呼び、シーナはもっと短く「ラン」と呼んでいる。

ブラフワーン人は能力的——体質的、というべきか——には、まわりに合わせて姿形を変えることができるようで、見かけ上、地球人になることも可能なのだが、ランディは捜査などで特に必要がなければ素のままのこの形でいることが多い。丸二年ほどのつきあいになるが、シーナが彼の人型を見たのは仕事で特に必要な時くらいだ。

年は……そういえば、わからない。あらためて聞いたこともなかったが、人間の姿の時は、見かけで推測するとシーナとタメ、くらいだろうか。

口は悪いが、相棒としては能力も高く、頼りになる。

「別にめずらしかないだろ。普通だ」

シーナは相棒のピンと耳を立てた黒い頭を見下ろして、ふん、と鼻を鳴らす。

そして歩調を並べて歩き始めた。とはいえ、四本足の動物はシーナよりも歩幅が広い。ので、ランディの方は少しばかりシーナに合わせてペースを落としてくれているのだろう。

「それにシンプルなスローライフ、っつーのがハイソな方々の流行みたいだからな。俺は最先端をいってるわけだ」

「それを享受できるのはごく一部のスーパーエリートだろ？　おまえに似合うか」

「……そりゃ、おまえは朝の身支度がいらないもんな」

あっさりと言ってスタスタとすました顔で歩いていく相棒の頭をちろりと横目にして、シーナはむっつりと言ってやる。

実際、この犬の朝はとてもシンプルそうだ。

――起きて飯を食う。以上。

かなりうらやましい。

「恥ずかしくないのか？　ハダカでうろついてるようなもんだろ」

この黒い毛皮というのが、彼らの種族にとってどれだけの意味があるのかはわからなかったが。

「俺の肉体美が見られて幸せだろう。見ろ、この毛並みのよさと、色艶を」

「ま、確かに犬だったらチャンピオン犬かもな」

図々しく返してきた相棒に、シーナは慣れた類《たぐい》の皮肉をかます。

確かにランディはきれいな犬だった。短い毛並みはいつも黒い光沢を放っていて、手触りもビロードのようになめらかで。しなやかな体つきに、顔は――彼らの種族的にいいのか悪いのかよくわからないが、精悍な印象で、面構えはなかなかよさそうにも見える。

「失礼な。我々の種族は人間より知能は高いし、身体能力も高い。総じて優秀だ。地球の犬と一緒にされるのは心外だな」

ふふん、と鼻を鳴らすようにしてランディがわずかに顎を上げた。

科学的な研究では、確かブラフワーン人の知能レベルは地球人と同等だった。身体能力で言えば、確かにおたがいの標準体型で比較すると、彼らの方がよいのだろうが。

……そして何気にプライドが高いのは、民族性か、あるいはこの男の気質なのか。

「あっそ」

シーナは特に反論せず、軽く肩をすくめた。

「せっかく人型にもなれるんだろ？　郷にいれば郷に従えと古いことわざでも言うじゃないか。地球にいる時くらい人間になっていればいいだろ」

人の姿の時のランディは、正直なところ、かなりイイ男だった。……悔しいのであまり言いたくはないが。このスレンダーな体型はそのままに、身長もあり、面もいい。同僚の女の子たちにも、キャアキャア騒がれていたはずだ。

「この身体の方が動きやすい。交尾も楽だ」

「交尾言うな」

その端的な言葉に、げっそりとシーナがうめく。

この遠慮のない言葉遣いには、さすがにもう少し気を遣え、と言いたくもなる。

そのあたりは感覚の違いなのだろうか。……個人差のような気もするが。

同じエアブリッジに乗っていた人間が一人二人と枝分かれした道へ進み、それぞれのオフィスの入っている高層ビルへと消えていく。

気がつくと、あたりは二人だけになっていた。そして二人の所属する連邦犯罪捜査局のビルも近づいている。

「寝癖がついてるぞ。シャワーを浴びなかったのか？」

ちろっと丸い黒い目が下からシーナを見つめ、ランディがやれやれ、とでも言いたげに小さく首をまわした。

「浴びたよ」

厳しいチェックに無意識に頭の後ろに手をやり、外の風景と二重写しになるプラスチックの壁に自分の顔をのぞきこみながら低くうなる。

「だったらチェック・プログラムを使え」

「いちいちそんなことで文句をつけられるのはうっとうしいだろ」

「人の親切を無にしたな」

ちろり、とどこか嫌味な目で見上げられ、やっぱりあのプログラムをオンにしたのはコイツだな、とシーナは内心でうめく。

「今日くらいまともにしといた方がいいぞ」

が、続けられたどこか意味深なその言葉に、シーナは横目で相棒を見下ろした。

「何で?」

「お偉方の客があるらしい。局長が直接、署内を案内してまわるような」

「ウチにか？　ふーん…。めずらしいな」

シーナはわずかに首をひねった。

コード9は警察機構の中では新しいセクションで、注目度も高く、外宇宙との交流が増えるにつれて将来的にもその存在意義はさらに大きくなるはずだ。とはいえ、現段階ではまだテスト的な導入で、D.T.を始め世界でも数カ所にしか配置されていない。

実際のところ、地球人から見て「エイリアン」と一口に言っても、それこそ確認されているだけですでに百種族近く、地球との政治的な外交がある星だけでも軽く五十は超える。

活発な交流は主に宇宙科学の分野で飛躍的な進歩をもたらしたが、反面、あまりに急激な接触は相互理解が十分とは言えず、個々のエイリアンたちの生態や考え方もまだはっきりとわかってはいなかった。生態に不明な点の多いエイリアンの犯罪に対してどんな対策がとれるか、手探り状態だったのだ。

そして、地球上で罪を犯したエイリアンに対して、どんな対処がとれるのかも。

いや、それ以前に、エイリアンたちにとって地球人の基準で考える犯罪が、犯罪という認識かどうかすら、わからない。

もちろん地球人にはない、それぞれに固有の特殊な能力もあるわけで、コード9の刑事たちにとっては日々新しい戦いであり、マニュアルで決まった捜査方法などなかった。

体当たりでエイリアンのデータをとっているようなもので、殉職の割合も他の部署に比べれば相当に高い。

つまり現在のところ、コード9は出世コースから外れた、組織になじめない連中が流される部署なのだ。

そんなところにお偉方が視察にくることなど滅多にない。

検挙率だとか防犯率だとか、そんなまともな数字が出るセクションでもなく、むしろヘタに関わってとんでもない事件の責任をとらされないように敬遠されているはずだった。

その分、自由な捜査もできるわけで、気が楽とも言えるが。

そうする間に職場へと到着し、二人はブリッジを降りた。

少しばかり地上を歩き、生体認証のゲートをくぐって連邦犯罪捜査局のビルへと入っていく。

コード9のオフィスは五十七階だった。

しかし玄関からエレベータホールまでいくほんの数メートルの間に、いつもとちょっと違う空気を感じ、シーナはわずかに首をひねった。

何が、というわけではないが、妙にあわただしい。すれ違うスタッフの表情も緊張して、歩くスピードも気のせいか、少し速い気がする。

何だ…？　と、ランディと思わず顔を見合わせるが、やはりその「客」を迎えるせいだろうか。

どうやらよほどの大物らしい。

やれやれ…、とシーナはため息をついた。視察だか何だか知らないが、またつまらない教訓を垂れていくのだろう。時間の無駄になるだけだ。

――と、彼らがエレベータへと乗りこもうとした時だった。

『ランドルフ・ルーティ』

聞き慣れた低い声が背後から聞こえてきて、ハッと二人はふり返る。

と、空間に立体の画像が結ばれ、彼らの直属の上司であるＢＪの姿が浮き上がった。生粋《きっすい》の日系というには彫りが深く、チャイニーズや他も混じっているらしい。もっとも今の時代、純血種を捜す方が大変だろうが。

ＢＪは三十代なかばで、優秀なキャリアだそうだが、どうしてまた愚連隊的なエイリアン部隊の主任など任されたのか不思議なほどの逸材だった。

ふだんからまったく感情を表に見せない人で、命令、指示に過不足はなく、状況判断にも狂いはない。毎日つきあうにはいささか味気なくはあるが、部下に当たり散らすことはなく、自分たちがやりすぎて何か問題になった場合でも、嫌味やグチを聞いたことはない。ただ、冷静に状況を聞き、判断してさらりと処理してくれる。むろんそれなりの処分や処罰はついてくるにしても、だ。

今までのシーナの経験から言っても、上司としては最上の部類に入る。

『少し時間をかまわないか？　私のオフィスに先にきてくれ』

まっすぐにランディを見てＢＪが言った。言葉は疑問形だが、もちろん命令だった。どうやら登庁を待っていたらしい。

いつものごとくにこりともしない、ストイックな表情だ。これではいい知らせなのか悪い知らせなのかもわからない。

イエス・ボス――、と短く答え、ランディが小さく耳を震わせる。人間ならばさしずめ、眉をよせた、というところか。

「呼び出しか？　何をやった？」

画像が消えてからエレベータに乗りこみ、ひひひひひ、とシーナは嫌がらせのように笑ってやる。

「おまえじゃあるまいし」

ふん…、とランディが鼻を鳴らした。

一口にエイリアンといっても、本当に知的レベルから生体、行動も様々だ。理性をなくした凶暴なエイリアン相手では、いきなりの銃撃戦になる時もある。現行犯の場合などは、そのまま射殺もやむなし、という状況もめずらしくはない。

こちらにしても命がけなのだ。被疑者との話し合いや説得、捜査や事情聴取という以前に、その話が通じない場合も多い。

勢い、現場からの苦情や人権団体からの批難も多いわけで。

自分だったら絶対にこんな部署の責任者などやりたくねぇ…、とシーナは思う。

五十七階でエレベータを降りると、ランディがくるりとシーナの方へしっぽを向けた。BJのオフィスへ向かうのだろう。

「いってくる。コーヒー、淹《い》れといてくれ。熱いヤツ」

了解、とシーナは軽く手を挙げて相棒を送り出した。

どうやら犬型宇宙人は猫舌ではないようだ。

※　　※

その一時間前——。

連邦犯罪捜査局ビルの屋上に、一機のヘリが到着していた。定位置につけたヘリはそのまま下降し、建物の中へ吸いこまれて一階下のヘリポートでドアが開く。

降りてきたのは二人の男だった。

前をいく方は全身、漆黒の法衣に身を包んだ司法庁の正装だ。肩から羽織ったガウンまで漆黒で、ただその襟元《えりもと》や裾《すそ》に幾何学的に刺繍《ししゅう》された金糸が鮮やかに目に映る。整った容姿に、長身で体格もよく、かなりの威圧感だった。

その後ろについていた彼は同様に黒の衣装だったが、装飾のないシンプルなもので、一見すると神父のようにも見える。まだ若く、すっきりと端正な容姿をしていた。

「出迎えなどいらんと伝えておいたんだがな…」

ステップの下には五、六人のスーツ姿の男が並んで立っていて、それを上から眺めた男がいくぶん不機嫌そうに低くつぶやく。

「司法庁の高等判事に対しては当然だろう」

そのぼやきに、彼は素っ気ない口調で答えた。

「司法判事の公式訪問などめったにないことだからな。ファンファーレが鳴ってもおかしくないくらいだ」

同情も見せない彼の言葉に、前の男がわずかに肩越しにふり返る。

「では私はこれからしばらく、わずらわしい接待につきあわねばならんということだな？　秘書官殿」

その皮肉めいた言葉に、しかしにこりともせずに彼はうなずいた。

「それも仕事だ」

あからさまなため息をついて見せ、ふと、男が思い出したように小さくつぶやく。

「椎名千秋…、だったか？　その男。一人で大丈夫なのか？」

音にされたその名前に、彼は一瞬、ドキリとする。が、表情は変えないまま、やはり淡々と答えた。

「それが私の仕事だ」

相手は肩をすくめ、それでも前に向き直って、仕事用に表情をあらためてから床に降り立った。

歩きながら何気なく片腕で払うようにマントを翻し、肩へかける。そんな仕草もピタリとはまっている美形だ。

そう…、地球的に言えば、古代ギリシャの神を彷彿《ほうふつ》とさせるような。

と、列の先頭にいた男がせかせかと近づいてきた。五十がらみの白髪交じりの男で、いくぶんぎこちない笑みを浮かべている。

初対面だが、資料で顔は確認していた。ここの最高責任者だ。

まあ、犯罪捜査局の人間にとって、司法庁の判事を迎えるのは微妙な感情があるだろうことはわかる。

視察、という名目の内部監査ではないか、というような。

「よ、ようこそ、いらっしゃいました、マリオン・クライン高等司法判事。D.T.犯罪捜査局長の矢ヶ崎《やがさき》と申します」

そう言って敬礼した男に、クラインが会釈を返した。

「わざわざ局長にお出迎えいただけるとは恐縮です。このたびは私的なわがままでお手数をおかけいたします」

クラインの慇懃《いんぎん》に丁寧な口調。が、その存在感は年配の男を圧倒していた。

……むろん、年も違うが。

シェルフィード——と呼ばれる種族であるマリオン・クラインは、地球人的な感覚で言えばおそらく二十代から三十代の初めに見えるのだろうが、実年齢は三百歳に近い。

「いえいえ！　とんでもありません。日頃おいそがしい判事にはぜひとも、日本での休暇を楽しんでいただければと存じます。十分にリフレッシュされて、一週間後の会議にのぞんでいただければ幸いです。我々としてもできるだけ便宜を図らせていただきたいと思いますので、何かご希望がありましたら何なりとおっしゃってください」

やたらと饒舌《じょうぜつ》に、局長が愛想よく言葉を続ける。

今回の高等司法判事の来訪は、一週間後にD.T.で開催される国際的な司法会議に出席するためだったが、いくつかの視察をこなしたあと、会議までの間はオフに入る予定になっていた。基本的にはプライベート、というわけだ。

それに鷹揚《おうよう》にうなずいて、クラインはさりげなく彼を紹介した。

「彼は一級秘書官のフェリシア・ラム。私の休暇中は彼に仕事を一任しています。会議の打ち合わせその他、視察の下見なども彼に任せることになりますので」

「よろしく」

と、表情を変えないまま、フェリシアが軽く頭を下げる。

「は…、うかがっております。秘書官は司法庁の地球支庁からの派遣でしたな」

フェリシアにも敬礼を返しながら、局長がいくぶん値踏みするようにフェリシアを眺めた。

わずかに目をしばたたいたのは、同じ地球人にしては、判事のそばに立っていても遜色《そんしょく》がない美形だったからだろうか。

が、とりあえず、押さえるべきところはクライン判事の方だと判断しているのだろう。すぐに視線をもとにもどした。

もちろん、とり入っておくにも一介の秘書官よりも司法判事の方が有益だ。

司法組織の中のステイタスで言えば、司法庁の一級秘書官と犯罪捜査局長とは同等くらいだろうか。別系統にはなるのだが。

「秘書官の行動につきましても特に制限は設けておりません。Ｄ.Ｔ.エリアのご案内と警護にはコード9の主任捜査官であるボウイ《B》・ジョッシュ《J》が責任を持ちますので、彼とご相談ください」

そう言って、ちらりとふり返って目線だけで合図を送ると、後ろで立っていた内の一人がゆっくりと近づいてきた。

「長旅、お疲れさまでした」

特に笑顔でもなく、かといって不遜な様子もなく。

ただ平静な表情でそれだけを言って、ＢＪがクラインとフェリシアに順番に視線を合わせ、型通りの敬礼をしてくる。この男の方が、浮き足立っているような局長よりもよほど落ち着いて見えた。

「どうぞ。まずは一休みされてください」

そう言うと、局長がせかせかと前に立って歩き出した。

それにクラインが半歩遅れて従い、その後ろからフェリシアも足を踏み出す。そしてさりげなく、その横にＢＪが歩みをそろえた。

「判事は地球には何度もいらしたことはおありなんでしょうな。日本は初めてですか？　美しい過去の遺産もずいぶんと残っていて、骨休めされるにはよいエリアだと思いますよ」

前で、判事の機嫌をとるように陽気に局長が話しかけている。

「いいですね。京都《きょうと》にはぜひ足を運んでみたいと思っていますよ。確か今はちょうど、桜の季節なのでしょう?」

それに愛想よく、クラインも話を合わせてやっている。

確かに彼は京都は好きなようだが、もう何度か訪れたことはあるはずだ。桜の季節にも。宇宙は広いが、三百年も生きていると一度や二度はくる機会もあろうというものだ。

「秘書官はのちほど、コード9《ウチ》のオフィスにいらっしゃいますね?」

そんな会話を片方の耳に入れながら、ＢＪが静かに確認してくる。

「ええ。よろしくお願いします」

フェリシアも淡々と答えた。

「ただその前に、お会いになっておいた方がいい者がおりますが」

その言葉に、フェリシアはわずかに視線を上げて横を歩く男を見る。

「椎名千秋に?」

「いえ」

短く否定され、フェリシアはわずかに首をかしげる。

が、特に説明がないというのは、会えばわかる、ということなのだろう。

今回は、今まで扱ってきたどんなケースとも違う。自分にとっては、かつてないほど重大な任務になる。

――もしかすると、最後の。

フェリシアは内心で揺らぐ感情を抑え、わかりました、と静かにうなずいた。

※　　※

「はよー」

「あ、シーナ！　ねぇ、聞いた？　どっかのお偉いさんが視察だって」

のっそりとシーナがオフィスへ顔を出すと、挨拶《あいさつ》もそっちのけでいきなり甲高い声が飛んでくる。

同僚のリサだ。ストレートロングの黒髪をそのまま流したセクシーダイナマイトな美人。

「聞いたよ。マジでウチにくるのか？　他のセクションじゃなくて？」

うっす、と集まっていた他の同僚にも手を挙げながら、シーナはそれに応える。

「ウチも、だって。うっとうしいなー、もう」

つまり捜査局の全セクションを対象に、ということのようだ。

「何だって今頃なんだろうな。査定時期でもないし」

他の同僚がため息混じりにつぶやいた。

「テコ入れしようってんじゃねぇのか？　ここんとこ、エイリアンがらみっぽい強盗とか増えてるしな」

「演説をぶつだけで帰ってくれりゃ、いいんだけどさ」

口々に言い合うそんな声を聞きながら、シーナはそのまま部屋の隅のコーヒーメーカーから自分用のマグカップにコーヒーを落とす。思い出して、ついでに相棒の分も専用のカップに入れてやる。

「お偉いさんてどの程度のお偉いさんなんだ？」

それを持って自分の椅子《いす》にすわりこみながら、シーナは尋ねた。

「結構なご身分みたいよー。屋上のヘリポートからきたみたいだし」

「ほー」

こそっと耳打ちするみたいに顔をよせて言ったリサに、シーナは思わず頓狂な声でうなる。

それはなかなかのＶＩＰ待遇だ。普通のお偉いさんなら、単に地上を車でくるのだが。

公共の交通手段が高度に発達した現在、時間的にも距離的にも地球は狭くなった。その中で、「空」の移動手段は特権階級のステイタスである。あるいはよほどの緊急事態か。

「連邦首長クラスか?」

「ゲーッ、サイテーッ。あんなジジイどもの顔なんか見たくないわよ」

リサが嫌そうに舌を出した。

と、そんな騒ぎの中、のっそりとランディがもどってくる。

叱《しか》られたのか褒められたのか、あたりまえだがその犬面からは読みとれない。しっぽが垂れているわけではないので、叱責《しっせき》されたようでもなさそうだが。

おはよー、とリサに頭を撫《な》でられて、その手のひらをなめて返している。

ちろっと上がった目線が、斜め下の角度から彼女のタイトなスカートの太腿《ふともも》のあたりに注がれていて、シーナは思わず白い目で相棒を眺めた。

……コイツ、これがあるから犬のままなんだな。

と、確信する。

「ボス、何だって?」

他の同僚からの朝の挨拶にも軽く答えながらひょこひょこと抜けてきたランディに何気なく尋ねると、たいしたことじゃない、とあっさり受け流された。

そして自分の椅子の上に跳び上がると、シーナが淹れてやっていたコーヒーをぴちゃぴちゃと飲み始める。

もちろん、肉球のある前足でカップを持つわけではないので――タコ型宇宙人なら吸盤があるのかもしれないが――少し深めの皿に黒い液体が入っている。皿でコーヒーを飲まれると、妙にまずそうに見えて微妙な気分だ。

と、間もなく、オフィスに入ってくる人の気配に、ざわり、と空気が揺れた。

姿を見せたのは、ＢＪだった。今度は実像の。相変わらず隙《すき》のないスーツ姿だ。

「集まってくれ」

と、無表情なまま一言口を開くと、奥のミーティングスペースへと移動する。

仕事についている者をのぞいて、今朝顔を出していた五名の刑事たちが、やっぱりな…、というようにおたがいに顔を見合わせ、それでもぞろぞろと移動する。

広いテーブルの片側にそれぞれが適当に腰を下ろすと、ＢＪは前の演壇の横に立って一同を見まわした。

「どうやら耳に入っているようだな」

渋い声が耳を打つ。

「今回、犯罪捜査局に視察が入ることになった」

わかっていたとはいえ、その言葉に一同が肩でため息をつく。

「今日ですか?」

一人が挙手して尋ねた声に、BJは端的に答えた。

「そうだ」

それにリサがハァ…、とあからさまにうっとうしそうに肩をすくめる。

いったい何を視察したいんだか……。粗《アラ》など、わざわざ探さなくても展示されるくらいそのへんに転がっている。要するに、単に指導、訓辞、というところだろう。

「別に日常と変わった仕事が増えるわけではない。いつも通りにしていればいいだけだ」

顔色一つ変えずさらりと言われるが、こっちにしてみれば、そうは言われても、というところだ。何かあればボスの責任になるわけだから、本来はBJの方が胃が痛いはずだったが。

……実際のところ、その仕事柄からも、コード9の連中はお上品とはまったく言い難い。ついでに言えば、これ以上飛ばされる部署もないので、いばりくさった上司に対する礼儀などはカケラも持ち合わせていない。

ただBJは部下たちから慕われているので、彼の立場を考えておとなしくしておいてやろうか、と思うくらいで。

「あちらから何か質問が提示されれば、それに対してはできる限り説明すること。開示レベルはフルオープンだ」

「要するに失礼のないようにお相手すればいいんですよね？」

うんざりした様子で腕を組み、リサが声を上げる。

「で、いったいどこのお偉いさんがくるんです？」

日本の元首か、地球連邦の首長か。犯罪捜査局総本部のお歴々なのか。それとも——。

尋ねたシーナに、ＢＪが向き直ったその時だった。

ピッ、とかすかな電子音が耳に届く。

スッ…、とドアが開いて、よろしいですか？　と緊張した面持ちの女性が顔をのぞかせた。

捜査局のスタッフの制服で、どうやら客人が案内されてきたらしい。

ＢＪがうなずいたのにいったんその女性が身を引き、シーナたちはいくぶん注目して客を迎える。

そして入ってきた男の姿に、一同は一瞬言葉もなく、思わず目を見開いた。

「うわ…」

と、ようやくリサの息を吐く気配で、呪縛《じゅばく》が解かれる。

目の覚めるようないい男——だった。

濃いめの茶色の髪。同じ色の目。すっきりと整った容姿には、強靱《きょうじん》さと繊細さが同居し、どこか神々しいほどの存在感だった。

同じ男としては、悔しいとか腹立たしいとかいうレベルを飛び越えている。

そして、襟や裾に金糸でデザインの入った漆黒のガウン。まるで向き合う者を威圧するような。

——こいつは……。

ハッと、シーナはそれに思いあたる。この衣装には覚えがあった。

「高等判事……？」

誰かがつぶやいた。

「シェルフィードか……」

そして、この美貌——。

地球のみならず、全銀河系の司法機構の頂点に「司法庁」——ジャスティス——と呼ばれる機関が君臨する。

そこに所属する判事たちは、それぞれの身分に応じて、連盟に加盟している星で自由な捜査権、そして審判権を持つ。すなわち、高等判事であれば、自らその場で刑を執行できるくらいの強権を、だ。

……多くの場合、死刑、という。

絶対審判者——と呼ばれる存在だ。

同じ司法畑に属する者ではあるが、地球という銀河系の一辺境星の、さらに片隅にある日本の東京で出会える確率など、そうはない。

高等判事に審判されるべき、星々を股にかけた重犯罪者でもなければ、だが。

実際、一介の刑事にとってみれば、高等判事などまったく雲の上どころか、文字通り成層圏の彼方《かなた》の存在だ。

もともと司法庁と地元の犯罪捜査局とは相性が悪い。大昔で言えば、ＦＢＩと地元警察のような。警視庁と県警というべきか。

高等判事の扱うような事件とは縁がないが、地方判事クラスならば、時々、いきなりからんできて事件をかっさらっていくことがある。彼らが犯罪局の他のセクションにからむことはないから、主にこのコード９の事件を、だ。

それが「検挙率」という点から見れば成績の上がらない一因でもあり、本来、協力し合うべき両組織ではあるが、こちらとしてはやっぱり反感を持ってしまう。

まさかこんな男が現れるとは思わず、言葉を失った部下たちに対して、ＢＪだけが変わらず淡々と経緯を説明した。

「一週間後、こちらのマリオン・クライン高等判事を交えての司法会議がこのＤ．Ｔ．で行われる。その際には我々も警護の任に就くが、それに先だって犯罪捜査局の視察をされることになった」

――そーいや、しばらく前になんたら会議とかの通達がまわってきてたか…？

ようやくシーナも記憶の片隅で思い出す。

しかし、それにしても、だ。

だいたい高等判事の行動は、原則、公開されない。批判もあるが、捜査、審判を行うにあたってあらかじめ行動予定を示していては、当然犯罪者も警戒するわけだ。

行った「審判」のファイルは申請すれば閲覧できることにはなっているが、現実にはまず、許可は下りないと聞く。それもある程度の権限のある人間のみ、だ。

と、ＢＪにうながされて、高等判事が彼らの正面に立った。

これから朝礼のごとく、偉そうに長い訓辞が垂れ流されるのか…、と思うと、さすがに一同、げんなりする。……おそらくは、目をハート型にしているリサをのぞいては、だ。

クラインがゆっくりと刑事たちを見まわした。

スッ…、とその視線がシーナの上で留まる。目が合った。

――え…？

と何か奇妙な感覚に襲われたが、するりと視線は離れていった。

シェルフィードには特殊な能力がいろいろとあるらしいが、心の中がそのまんま読みとられているようで、ちょっと恐い。

「多種多様な異星人に対して、諸君の第一線での対応はかなり危険で難しいものだと理解している。だがその日々の積み重ねによって、人々の生活が守られていることは間違いない。諸君の集積した事件のデータは司法当局でも分析し、活用させてもらっている。今後、ますます異星人間でのトラブルは増えると予想されているが、さらなる精進をお願いしたい」

さほど目新しい言葉もなく、以上だ、と締めくくられ、シーナはちょっと驚いた。拍子抜けするほどあっさりとした訓辞だ。まあ、このあとでビルの中をうろついて、いろいろと粗捜しをするのかもしれないが。

まあ…、と横でリサが小さく感嘆したような声を上げる。

「いい男だし、話も短くて最高っ」

「……ミーハーめ」

シーナが低くなじった。

ふふん、とリサが鼻でせせら笑う。

「だったら判事と勝負してみる?」

「……誰がだよ……」

そんな命知らずな。

いや、シーナにしてもそこそこ……というか、かなり腕には自信があった。体術もそうだが、射撃についてはここ五年、アジア・エリアの大会でトップを譲ったことはない。仕事も待ってはくれないいし、面倒くさくて、その上の本大会にはずっと出場を辞退していたのだが。

だが司法判事というのは、その多種多様なエイリアンに対応することのできるエキスパートなのだ。その特殊な能力も含めて。

いくらエイリアンに慣れているとはいえ、凡庸な地球人である一介の刑事風情《ふぜい》に太刀打ちできる相手ではない。

……と、いくぶんふてくされ気味にシーナは内心でうめく。

「では、あとはよろしく頼む」

壇を下りた高等判事が軽くＢＪにうなずくようにして合図を送る。

――あと？　あとって何だ？

何気ないその言葉に、シーナはふっと眉をよせた。

刑事たちの注目を浴びながら、彼はスタッフに案内されるように部屋を出る。

と、その間際、ドアの横に立っていたもう一人の男の耳元に何か小さくささやき、その頬を軽く指の甲でそっと撫でた。

かなり親密な様子に、ちょっと目をすがめる。

マリオン・クラインに目を奪われていてあまり意識されていなかったが、彼が判事のあとから部屋に入ってきていたことには、シーナも気づいていた。

スレンダーな身体つきの男だった。二十四、五歳だろうか。シーナよりは年下だろう。

黒い髪は地球の…、日本人にも見えるが、肌の色は白く、顔立ちは北欧系の雰囲気もある。

そして、淡い紫の瞳。

怜悧《れいり》な美人——だった。ゾクッ…、と背筋が震えるほど。

判事の姿が消え、さすがに無意識に緊張していたのだろう、いっせいに刑事たちの肩からホッと力が抜けていく。

しかし判事は消えても一緒にきたもう一人の男は残っているわけで、ようやく彼に注目が集まった。

捜査局のスタッフのようでもなく、いったい何者なのか、というのと、いったい何のためにいるのか、と。

好意的とは言い難い、うさんくさいものを見るような目でじろじろと眺められて、しかし彼はその視線を毛ほども感じていないようだった。

ただまっすぐに、白い顔を上げている。

再び前に立ったＢＪが淡々と説明を続けた。

「一週間後の会議に先立って、秘書官が判事の滞在先、会場、その他、会議後の視察先の事前チェックにまわられる」

その言葉に、なるほど、とシーナはうなずいた。どうやら判事の秘書官らしい。

――いや、しかしその秘書官がこの場に一人残る意味はわからないが。

ＢＪが彼を中央へうながした。

「フェリシア・ラム一級秘書官だ」

その簡単な紹介に男は刑事たちに向き直り、傲然《ごうぜん》と顔を上げて短く言った。

「よろしく」

よく通る、涼やかな声。スッ…と肌を撫でていくほど冷ややかに聞こえるのは感情がないせいだろうか。

同様に冷めた眼差しが何か検分するように一同を見まわし、ふっとシーナの上で留まった。

突き抜けてくるような鋭い視線に、シーナは無意識に息を呑《の》む。ドクッ…、と、ふいに胸の鼓動が大きく耳に反響した。

――何だ…？

妙に身体の中がざわつくような、胸騒ぎのような感覚が襲う。

この感覚は……どこかで……?

そう思った次の瞬間、目の前に桜が舞った。

赤い、火の粉のような花びらが渦巻き、視界を、耳をふさぐ。そして、喉を。

その息苦しさ。

そうだ。三つの時の、あの感覚と同じ——。

ジン…、と麻酔をかけられたように頭の芯《しん》が痺れる。

シーナはぎゅっと自分の腕をつかみ、ふり払うように首をふった。大きく息を吸いこむ。

もちろん、そんなはずはなかった。

確かにあの時のシーナの記憶はおぼろげで…、見たと思った羽は単に桜の花びらが背中で舞い広がっていただけかもしれない。あの時の犯人も地球人で、単なる放火魔だったのかもしれない。

だが二十五年前の話だ。この男が生まれる前のことだろう。

その視線がさらりと離れていって、シーナはホッと息をついた。

やっぱり美人は苦手だ…、と内心で苦々しく思う。

それも幼い頃のトラウマなのかもしれないが。きれいすぎるモノには、感嘆とか憧《あこが》れよりも先に、得体の知れない恐怖がくる。そういう意味では、さっきの判事も同様なのだが。

と、誰かが短く口笛を吹いた。

「司法庁の犬か。もったいねー」

横で小さくつぶやいた男に、ランディがボソッとつっこんだ。

「その言い方は気に入らないな」

どうやら姿形が似ているだけに、地球の犬にも親近感はあるらしい。

そんなヒソヒソ話が聞こえているのかどうなのか、秘書官は淡々と口を開いた。

「諸君の勤務状況についてのデータは拝見させてもらった。その優劣は対象レベルが低すぎて比較する意味もないが、国際的な司法会議を開催する場として、D.T.の治安という点においてはあまりにも心許《こころもと》ない」

飾るところもなくスッパリと言われた言葉に、一同が、むかっ、ときたのは言うまでもない。

「……比較する意味もないわけね」

むっつりとリサが反芻《はんすう》する。

要するに、無能、と言いたいわけだ。

どうやら秘書官の方が、判事よりも辛辣《しんらつ》なようだった。それとも同じ地球人として恥だと言いたいのだろうか。

「理解していることと思うが、我々司法庁のスタッフは常に命の危険にある。高等判事ともなればなおさらだ」

さすがに秘書官だけあって、判事の身の安全が最重要ということらしい。……命の危険があるのは、こっちも同じだったが。

ふっと、さっきの二人の様子を思い出す。

職務上だけでなく、個人的にも親しい関係があるのかもしれない。……紳士的な言い方をすれば。通俗的に言えば、愛人、という。

シーナは内心でため息をついた。近よりたくないくらい、美形なカップルだ。

高等判事と言えば、知性や品性だけでなく、あらゆる分野で突出した能力を持つスーパーエリートだ。地球的規模ではなく、宇宙的規模で見ても超特権階級の人間だった。

秘書官という身近なところで接していれば、畏敬の念も、おそらくはそれ以上の感情も湧《わ》いてきて当然なのかもしれない。

そう、仮にプラトニックな関係であったにしても。

「だが判事は自ら犯罪者を裁く絶対審判者でもある。つまり自分で自分の命くらい守れるエリート様の集まりなんだろ？　何も俺たちが守ってやらなくても」

シーナは口を開いた。

「もちろんだ」

ふっと向き直った秘書官が、顔色一つ変えず、さらりと答える。

「だが判事が審判を下すのは最終的な手段のはずだ。それ以前に君たちが逮捕できていれば、被疑者は死なずにすむのではないかと思うが？」

ぐっ…、とシーナは答えにつまる。

「はっきりと言えば」

そしてさらに容赦なく彼は続けた。

「司法庁の処理能力は限界にきている。こちらに仕事をまわさずに地方で処理できることは処理してもらいたい、ということだ。いずれにしても諸君は異星人に対する認識、勉強が足りなさすぎる。集めたデータのフィードバックも遅い」

皮肉、というよりはただ事実を述べるような口調に、このやろう…！　と、思わず拳《こぶし》を握ったのはシーナだけではないはずだ。

確かにそれは事実かもしれないが、こっちだって命がけで仕事をしているのだ。一線に出ているわけでもない秘書官ごときにとやかく言われたくはない。

一瞬、仲間たちの空気がふっと緊張をはらむ。

言いたい放題に言われ、しかし誰かがキレる寸前、スッ…とＢＪがその空気に割って入った。

「秘書官のご意見は今後の参考に承りましょう」

淡々としたそんな言葉で受け流す。

……オトナだ……、ボス。

グッとシーナは言葉を呑みこんで息を吐く。

が、あとに続けられた、ＢＪのその言葉が耳に入ったとたん、思わず悲鳴のような声を上げていた。

「シーナ。おまえに一週間、秘書官の警護と案内を任せる」

「——え？」

生まれて一度も冗談を言ったことのないような、いつものＢＪの顔。

……俺？

「ちょっ…、ちょっと待ってください！」

さすがにあわてて、思わず椅子から立ち上がったシーナだったが、かまわずＢＪは他の者を解散させた。相棒のランディだけは残してくれたが。

「がんばれよ、シーナ！」

「役得だなー、いや、うらやましいよー」

そんないかにもわざとらしいセリフを残し、面倒な役目から逃げられた同僚たちがにやにやと笑ってシーナの肩をたたいて、すがすがしい顔でそれぞれの仕事に散っていく。

「シーナ、おまえを通常の任務から解除し、今後一週間は秘書官の指揮下に入ることとする。

――以上だ」

「BJ！」

「これは命令だ。異議は受けつけない。以降の質問、行動については秘書官に従え」

思わず抗議しかけたシーナにBJは淡々と告げる。

命令、と言われては、従うより他にない。

シーナはがっくりと肩を落とした。

最悪だ。課内の誰かが引かなければならない貧乏くじだとしても、よりによって自分が当たるとは。

「質問です」

憮然《ぶぜん》としたまま、シーナが当てつけがましくわざわざ挙手して尋ねた。

「何で俺なんですか？」

「おまえが生粋の東京出身者だからだ。今時めずらしいくらいのな。判事は会議後にD.T.エリアの視察も希望されている」

エイリアンとの星間結婚もあたりまえになりつつある今、一〇〇％純血の日本人などシーラカンスくらいにめずらしい。シーナにしても、おそらく八分の一とか十六分の一とか、どこか他民族の血筋が入っているはずだが、それでもずっと東京から動かずに生まれ育った人間だ。

コード9の刑事たちの半分は地球人であってもD.T.以外の出身者であり、残りの半分の半分は異星人であり、さらに残りは異星人とのハーフ、もしくはクォーターだった。

生まれも育ちも、と言われれば、確かにシーナくらいだろう。

BJの答えには一分の隙もない。まさに、ぐぅの音《ね》も出ないくらいに。

……もっとも、案内くらい別に地元民でなくとも、と内心でぶつぶつ言いたくなるが。刑事ならば、ナビを借りなくとも地理にはくわしいはずだ。

だがそんなシーナにかまわず、では、と秘書官に一礼し、あっさりとBJも目の前から姿を消してしまった。

あっという間に二人――と一匹で残されて。

「シーナ捜査官、一週間、よろしく頼む」

にこりともしないまま、じっと、まっすぐな瞳が射抜くようにシーナを見つめて言った――。

フェリシア・ラム――。

子羊ちゃんな名前を持つ男は、しかし隣の犬よりもタチが悪そうだった。

「不服そうだな」

頼りになる上司も去り、何か風船がしぼむように椅子にへたれこんだシーナに、フェリシアは優雅な様子で椅子を引いてシーナの向かいにゆったりと腰を下ろした。

何気ない仕草に育ちのよさが感じられる。やはりハイソサエティな家柄なのだろう。

総中流という時代をへて、確かに現在でも中流とカテゴライズされる部分に当てはまる人々がほとんどだ。しかしそれと同時に、特権階級は突出し、下層域もじりじりと広がっている。

そしていったんそれぞれの階級に生まれると、抜け出すのが難しくなっていることも事実だった。

「まさか、そんなことは。秘書官の警護を仰せつかって大変光栄に存じておりますが」

憮然としたまま、シーナは白々しく口にする。

そんなシーナの様子に、フェリシアがフッと薄く唇だけで笑った。

「噂《うわさ》通り、コード9の刑事たちは礼儀ができていないようだ」

確かに自分の礼儀は何だが、あからさまな嫌味にカチンとくる。

「仕事が仕事ですんでね。お上品な対応が身についていないんですよ」

と、のっけからそんな殺伐とした空気が漂う中、スッと目の前に湯気を立てるカップがおかれる。

「コーヒーをどうぞ。お口に合うかわかりませんが」

気を利かせて、なのか、めずらしくリサが運んでくる。……まあ、単にシーナの不幸を楽しみたいだけだろうが。

「ありがとう」

さらりと礼を述べて、フェリシアは優雅にカップを手にとった。

「いいな、美人秘書。古今東西エロい響きだ」

それを眺めながら、横でランディがぽつりとつぶやいた。

シーナはわずかに咳払いをして、軽く相棒の前足を蹴飛《けと》ばす。

自分のことは棚に上げるようだが、さすがにこれ以上、コード9の評判を落とすのはまずい。

……というより、コイツにしゃべらせていては品性を疑われそうだ。

そして今のうちに言うことだけは言っておこうと、シーナはまっすぐに男に向き直った。

「視察は結構ですが、D.T.の中には危険な地域も存在します。そちらでは俺の誘導に従ってください。勝手に動かれても命の保証はできませんよ。そのおきれいな顔だと、そうでなくとも狙《ねら》われやすい」

それは事実でもあり、いくぶんかの脅しもこめて言ったシーナに、フェリシアは顔色も変えずに答える。

「君は現在、私の指揮下にあるはずだが？　君から私に何かを言える立場ではない。さらに言えば、君の任務は私の身を守ることにある。……どんな状況であれ」

ぐっ…、とシーナは返事につまった。

まさにその通りなのだ。腹立たしいことに。

ハッハッハッ…、と息を吐き出すようにして、横でランディが他人事《ひとごと》のように笑っているのもさらにむかつく。

自分の相棒ならば、コイツだって一蓮托生《いちれんたくしょう》のはずだ。

「それでは秘書官の今後の行動の予定をうかがいたいのですが？」

ふつふつと腹の中で湧いてくるものを何とか鎮め、あからさまに慇懃無礼な口調でシーナは尋ねた。

「私のことはフェリシアと呼んでもらって結構。本日は会議場の周辺とEエリア…、いわゆる異星人街をまわる予定だ。そして滞在予定のホテルのチェックを」

が、気にしたふうもなく、フェリシアは事務的に答える。

「了解しました」

素っ気なく、シーナも返事をした。

そっちがその気なら、こちらもビジネスライクにつきあうだけだ。

そう…、どうせ一週間の辛抱だ。

そう割り切って、シーナは淹れてもらったコーヒーを一気に喉へ流しこむ。

——と。

「ぐふ…っ！」

あまりの苦さに思わず吐き出し、胸をつかんで身体を折り曲げた。舌が痺れそうで、激しく咳きこんだあげく、涙目になってしまう。

自動のコーヒーメーカーで普通に作ってこんなシロモノができるはずはなく、どうやらリサの嫌がらせだったようだ。

もちろんメインのターゲットはフェリシアなのだろう。自分は巻き添えを食らっただけで。

……いや、もしかするともろともに、という魂胆だったのかもしれないが。

「バカめ」

すでに匂いで気づいていたのか、ふん…、とランディが鼻を鳴らす。

しかし当のフェリシアは涼しい顔で、相変わらず優雅にカップに口をつけていた。

……美人秘書は味覚音痴なのかもしれない。

まず、犯罪捜査局本部から一番近場だった会議場を見てまわり、それから郊外の異星人街《エイリアン・タウン》へいくことにする。

◇　◇

現在のD.T.はドーナツ型に街が形成されていた。核都心《コア・シティ》を中心に、まわりにそこへ勤務する人々の住宅街、さらにそれをとり囲むように繁華街や歓楽街、周辺へ広がるにつれて少しずつ寂《さび》れて、スラムが目立ち始める。

Eエリア――いわゆる異星人街は、埋め立てられた海岸沿いの一角にあった。

移動にはエアブリッジを使う。VIP待遇なのだから車を出してもらってもいいくらいだったが、通常の交通機関を確認しておきたい、というフェリシアの要望だった。

そこを散歩程度のスピードでたらたらと歩きながら、そうでなくとも共通の楽しい話題などありようもなく、話の接ぎ穂のようにシーナは尋ねた。

「シェルフィードっていうのはどういう種族なんです?」

フェリシアの上司である色男――マリオン・クライン高等判事は、おそらくシェルフィード、と呼ばれる種族のはずだ。

その生態はほとんど知られていないが、高度に発達した文明と知能とを有し、感情に流されず、そのメンタリティは限りなく公正である――と言われている。

ゆえに、司法庁に属する判事の四割はシェルフィードで占められている、らしい。

とはいえ、種族的に絶対数が少ないので――ほとんど絶滅危惧《きぐ》種の扱いを受けるほど――地球人類が遭遇する確率は、行政や司法の中核に勤める人間でもなければ、三回生まれ変わって一度くらいのものだ。

……まあ、地球人が他の星へいって重罪を犯せば、死ぬ間際に会える確率は高くはなるのだろうが。

彼らは知性と品性、能力だけでなく、その姿形も芸術的なまでに美しい、と言われている。男女を問わず、だ。

生身のシェルフィードに会ったことのある地球人類は少ないが、アーティストの手による有名な絵画や彫刻がいくつかあり、それを通してのイメージのみは、広く伝わっていた。

そのため、犯罪者たちは彼らのことを陰で「死の大天使」と呼んでいるようだ。

シーナのその問いに、まっすぐに前を向いたまま、フェリシアは淡々と答えた。

「シェルフィードの生態については非公開になっている。秘書官の立場では、知っていても口にできることはない」

素っ気ないその言葉に、シーナはうなるように言った。

「や、ですから、あなたが接している印象というかね…」

これから一週間、おたがいに毎日顔をつき合わさなければならないのだ。もう少し、気持ちよく接しようという努力くらいないもんか、と思うのだが。

と、並んで立っていると頭一つ分くらいでかいシーナをちらりと横目に見上げ、冷ややかに聞かれる。

「何が知りたい？」

一瞬、ドキリ、とした。

何か、内心を見透かされているようで。

「……えーと」

思わず視線をそらし、ガシガシと頭をかいて……今、思いついたそぶりで、何気なくシーナは尋ねた。

「シェルフィードって羽なんかあるんですか？」

思いきり、生態に関することだったが。

羽や翼のあるエイリアン――には、シーナも刑事になってから二、三種族、遭遇したことはある。

が、いずれもあの幼い日の記憶……イメージとは合わなかった。感覚的に、違うな…、という感じなのだ。

シェルフィードが「天使」と比喩《ひゆ》されるのは、単に姿形が美しいというだけでなく、翼のようなものがあるからではないか、という気がする。

さっきの判事を見る限りそんなものはなかったが、ひょっとするとたたまれてガウンの中に入っていたのかもしれないし。

シェルフィードを描いたとされる絵画や彫刻には、羽のようなものがついている場合も、ついていない場合もあり、どのへんまでがアーティストの想像の域なのかがわからなかった。

シーナのその問いになぜか沈黙が落ち、落ち着かなくなってシーナはそっとフェリシアに視線をもどす。

と、彼はまっすぐにシーナを見つめていた。

ヤバイ…、と一瞬、首を縮める。

――君の耳はサル並みか？　さっき私の言った言葉の意味を理解しているのか？　生態については答えられないと言ったばかりだと思うが。

そのきれいな唇から炸裂《さくれつ》する皮肉の内容まで予想できそうだ。

しかしフェリシアはさらりと視線を前にもどし、静かに言った。

「通常、彼らはそういうものは持たない」

「え？」

まともに返ってきた答えに、逆に驚いてしまう。

しかし——。

「通常？」

シーナは眉をよせた。

つまり特別な場合には生えてくる、ということだろうか？　もしくは、特別な者にはある、とか？

しかしその疑問にかまわず、フェリシアは相変わらず淡々と続けた。

「シェルフィードは司法判事など特別な職にある者以外はほとんど星から出ることはなく、生涯、自らの聖地を守り、思索と探求、そして祈りの中で暮らす。科学力、種族としての知的レベル、運動能力は地球人と比べて格段に高いが、個体数がもともと少ない上、繁殖力もきわめて弱い。遥か昔に、いわゆる生殖のための性行為は必要なくなり、現在、生命の誕生はすべて政府に管理されている」

まるで資料を読むような口調だった。

ということは、つまり。

「ひょっとしてみんなバージンなのか…」

思わずボソッ、とシーナはつぶやく。

あの美男美女の集まりが。もったいない話だ。

「うひょひょっ。あの星を征服すれば初物食い放題だな」

シーナの横をスタスタと歩いていたランディが、すました顔のまま、とんでもないことを言い出す。

〈黙れ、エロ犬。そういうことはオフモードでしゃべれ〉

さすがにあせって言ったシーナに、きっちり耳からフェリシアの冷ややかな声が届く。

「オフにしても聞こえる。現在君たちは私の指揮下にあるのだから」

……そうだった。

「愚か者め」

ふふん…、と鼻を鳴らしてあざ笑われ、シーナは問答無用でピンと立った犬の耳の間に垂直に拳《こぶし》をたたき落とした。

「おまえの発言が問題なんだろうがっ」

征服、というのは社会的に、食い放題、は、人格的に。ダブルでNGだ。

刑事たちの間では、被疑者や証人や、一般の人間の前で聞かれたくない会話をするために、思念波を飛ばして会話ができるように生体に特殊なチップを組みこんでいる。もちろん、距離的な制約はあったが。

それは直属の上司には聞きとり可能で、どうやら限定的な上司であるフェリシアにもその権限はあったらしい。

それにしても、あのマリオン・クラインとかいう完全無欠の色男がチェリーボーイだと思うと、ちょっと笑える。

……いやまあ、もともとそんな俗世とは関係ない世界の住人なのだろう。あの男の前で「セックス」とかいう言葉を使ったら、鼻で笑われそうな気がする。

「生まれたばかりの子供には羽がある」

と、続けて耳に入ってきた言葉に、シーナは一瞬息をつめ、そしてため息をついた。

子供——か。あの時のエイリアンの年齢などわからないが、少なくとも当時の自分よりは大きかった。

どうやらシェルフィードがあの時のエイリアンだったと考えるのは、やはり無理があったらしい。

そもそも地球にいるようなシェルフィードは司法庁関係者だろうし、そんな人間が地球の一般市民宅に火をつけていては問題だろう。

「どうして答えてくれたんです?」

ふと、不思議に思ってシーナは聞いてみる。

フェリシアはそれにあっさりと答えた。

「君が尋ねたからだろう」

「……いや、それはそうなんですけど」

聞きたいのはそういうことではない。

妙に感覚がずれているのか、わざとなのか。わからないところだ。

……真顔で冗談を言って沈黙を生むタイプだよな……。

と、シーナは内心で決めつける。

外の景色は高層ビル街を抜け、住宅街を抜けて、いくぶんごみごみとした雰囲気の繁華街から歓楽街へと変わっていた。

視界の先に海が見える。埋め立てられ、海も遠くなってしまった。

視線をもどして、フェリシアのまっすぐに前を向いた整った横顔を見つめた。

この男も、司法庁に勤めているということは、それ自体、よい家柄の出身だということだ。

──地球を支配していく階級の。

「身近に高等判事なんかと接していれば、俺たちなんかは無能な下等動物に見えるんでしょうね」

知らず、シーナの口からそんな言葉がこぼれていた。

グチとか嫌味ということではなく、……何だろう？　同じ地球人の中でも、特権階級の人間はエイリアン以上に自分たちからかけ離れた存在になりつつあるような気がした。

ふっと、薄ら寒さを感じる。

必死に天を向き、手を伸ばし、神になろうとあがく愚かな人間──。

もしかすると今の地球は、そんな人間たちに支配されつつあるんじゃないのか、と。

そんな恐怖で。

「種族が違うのだから比べることに意味はない」

しかし、フェリシアは相変わらず無表情なままあっさりと言った。

「必要なのは相互理解だ」

優等生な言葉に、シーナはちょっと肩をすくめる。そして尋ねた。

「じゃあ、仮に司法判事が罪を犯した場合、誰が裁くんですか？」

自然の思考の流れで口から出た言葉だった。

それにフェリシアの表情がわずかに動く。細い顎《あご》が上がり、じっとシーナの表情を見つめてくる。

容赦のない視線だった。

無垢《むく》な、残酷な……相手の心をのぞきこむ恐怖も、痛みもまだ知らない子供のような、無遠慮な視線。

目をそらすこともできず、シーナは思わず身構えてしまう。

「それとも、司法判事は決して不正はしないと?」

先に瞬き一つすれば負けるような気がして、シーナは腹に力をこめてさらに続けた。

ようやくフェリシアが前に向き直って答えた。

「司法判事同士で裁くしかないのだろうな」

呪縛《じゅばく》されていたものが解かれたようで、シーナはこっそりと息を吐く。

「自浄能力があるんですか?」

それでも平然としたふりで尋ねていた。

「司法判事の四割がシェルフィードだと聞いていますが。つまり身内での審判になるわけだ。情に流されることだってあるんじゃないですか?」

「司法庁が発足して以来、少なくとも現在のところ、そのようなケースの報告はない」

「公表されていないだけということも考えられる。外部の監査システムがないのは問題だと思いますけどね。中でどんなことをしていても、外の人間にはわからない」

事務的な答えに、いくぶん挑戦的な問いを投げる。

「故意の不正はなくてもミスを犯したような場合はどうするんです？　何か処罰があるんですか？」

それに一瞬、フェリシアが息を呑《の》んだ——ような気がした。わずかな沈黙。

何にでも淡々と答えていたフェリシアにはめずらしいことだ。痛いところをついたのだろうか。

「下級判事については、上級判事からの審判、処罰がある」

しかし感情を見せずに、フェリシアは静かに口を開いた。

「上級判事については？」

当然の流れだ。

今度の沈黙は、もう少し長かった。

迷っているのか、困っているのか。その表情からは読みとれなかったが。

正面に目的地のステーション表示が現れる。少し先で道は分岐していた。

シーナが一歩先に出て、右の歩道に移った。流れるスピードが少し落ちる。それにならってフェリシアも優雅に足を動かした。

「あっ」

が、ちょうど伸ばしたランディの前足が一歩早く、とっさによけたフェリシアがわずかに身体《からだ》のバランスを崩す。

「……っと」

瞬時に背中を反らし、シーナが片腕でそれを支えた。

瞬間、ビクッ…、とフェリシアの身体に緊張が走った。ハッと反射的に上がった顔に、初めて動揺のようなものが浮かぶ。

そう、初めて人間らしい「感情」が見えた気がした。

「大丈夫だ」

そしていくぶんあわてたようにフェリシアが身を離す。

まるで毛を逆立てている子ネコのようで、シーナは思わず喉《のど》を鳴らしてしまった。

フェリシアの身体が離れてからも、腕の中にその重みが残る。触れた指先がわずかに痺《しび》れるようだった。

低い体温——その姿を映すように。

無意識にその指を握りしめて、シーナは今度は自分からフェリシアの目をのぞきこむ。

一瞬ひるむようにフェリシアが目を閉じた。それでも再び目を開けて、まっすぐにシーナを見つめてくる。

一瞬、立場が逆になったようで、シーナは少しとまどう。

しかしフェリシアはそっと息を吸いこんだ。

「上級判事は……、自ら判断を下すだろう」

そしてゆっくりと、その唇が動く。

さっきの答え、だ。逃げたわけではないらしい。

「それができる者しか上級判事の資格はない」

そういう信頼——なのだろうか。あの男、マリオン・クラインに対する。

「なるほど」

と、シーナは短く答えた。

根拠もなく、盲信と言えるものなのかもしれないが。

「着いたぞ」

ランディが鼻先で出口を示す。

一瞬のほの暗いトンネル。

緩やかに足下が下降し、次の瞬間、大きく視界が開ける。

彼らの前に見慣れない街が広がっていた——。

◇　　◇

ごたごたと雑多な雰囲気の街だった。

それでも連なる街並みには、一見して他の街と何が違うというところは見つからないのかもしれない。

が、ふいに、その風景の中に異質なものが混じるのだ。

太刀魚《たちうお》のように細長い銀色の身体をなびかせて空を飛ぶ動物や、通りを足早に抜けていく、エルフのような小さな老人。

異星人街は駅から十字に延びたメインロードを中心に、大河に流れこむ無数の支流のように細い道が四方八方に広がっていた。

メインロードにはショップやカフェが建ち並び、ディスプレイは独特なものが多く、やはり売られているものも他の街とは一味違う。他の星から輸入された不思議な雑貨類や、民族的な衣装、時に見慣れない食料品やペットまでさまざまだ。

異星人街として、このエリアはなかば観光化されていた。やはりどこか異国的——異星的というべきか——な雰囲気が人気のスポットだ。

だが観光客や一般の地球人が気軽に歩いていいのは、メインロードだけだった。

そこから一本、裏道へ入ると、街はがらりと色を変える。

そこは不法滞在者の巣窟《そうくつ》であり、違法なブツの闇取り引きの現場でもあった。

公式の地図などもちろんなく、……シーナたちはその都度、衛星とアクセスして最新の地図を取得できるはずだが、そのシステムさえも追いつかない、あるいは作動しない未知のゾーンがここにはある。

入り組んだ裏道は日々増え続け、形を変え、いくつかは消えているのだ。

生きた迷宮——と呼ばれていた。

出口のない道があちこちにあり、よそ者が一歩足を踏み入れると二度と出られない。

突き当たり、ではない。まさに出口が「ない」のだ。

引き返そうにもすでにきた道は見失い、歩き疲れ、迷い疲れた時、目の前に現れたドアを開けると暗闇に吸いこまれる——そんな恐怖。

この地区で確認される地球人の死者の数は年間で四、五人である。が、行方不明者は百人を超えているはずだった。

「なるほど…、ここがD.T.にいる異星人たちの情報発信地になっているようだな」

メインロードへ入り、一通りあたりを見まわして、フェリシアが小さくつぶやく。

平日の午後なので観光客の姿はまばらだが、まだ「表の顔」でしかない街並みを見て、どのへんで判断したんだか。

シーナのそんな怪訝《けげん》な表情を読んだのか、フェリシアがスッ…と足下を走り抜けていった真っ白なネコを指さした。

「地球のネコではないだろう。ベルガ星系から持ちこまれたものだな。こちらのネコと交配されているようだが」

言われて、シーナは通行人の合間に消えていくネコの後ろ姿を眺める。

そこまでは気がつかなかったが、そう言われてみれば、耳の先が二つか三つに割れていたようにも思う。

「ベルガ星系のネコの中には映写記憶能力や精神感応能力のあるものがいる。訓練して覚えさせれば、指定の相手だけに確実にメッセージやデータを渡すことができる。盗聴やハッキングの心配もなく、な」

ううむ…、とシーナは内心でうなった。その能力のことは報告されていたが、しかしそれがわかったのはつい最近のことだ。

「……ひょっとして、交配を計画的に進めているのか？　うろうろしてても見分けがつきにくいように」

新種のアナログな情報網だ。

「あり得るな」

顎を撫《な》で、ボソッとつぶやいたシーナに、カッカッカッ…、と前足で頭をかきながら、ランディがうなずく。

「訓練次第で、同種の仲間内にならそのイメージを一瞬で伝えることができる。広めたい警告や情報などはあっという間だろう」

フェリシアは淡々と続けた。

さすがに司法判事の秘書官だけあって、いろいろとくわしいようだ。……というか。

「司法庁の方がそういう生態に関するデータがそろっているわけでしょう。こっちにフィードバックしてくれる気はないんですか？」

メインロードを歩きながら、むっつりとシーナは尋ねた。

こっちからのデータは問答無用で吸い上げるクセに……。

「それぞれの種族にとって種の起源や存続に関わる情報もある。まだ分析途中のデータも多い。

どこに関係してくるかわからないからすべてをオープンにすることはできないが、申請があり、問題がなければ許可されるはずだが？」

「……許可を待ってる間に人類は滅亡しますよ」

うんざりとシーナは言った。

お役所仕事だ。現場では、欲しい時にリアルタイムに情報がないと意味がない。

「地球人は加盟国の中でもっとも生命力の強い種族の一つだと思うが」

しかしそんなシーナの嫌味にフェリシアはさらりと返してきて、シーナは思わず肩を落とした。

嫌味が通じていないのか、さらに嫌味で返されているのか。

「もう少し中へ入ってみたいが？」

ゆっくりとメインロードを歩くフェリシアについて一往復したところで、彼がシーナに向き直って尋ねてくる。というより、事実上、命令なのだろう。

「……まあ、いいですけど。あんまり奥までいかなければ」

ちょっと眉をよせ、不承不承、シーナはうなずいた。ちらっとランディに視線で尋ねると、彼も軽く肩をすくめるような調子でうなずいてみせる。

ランディが数歩先をいく形で、三人はメインロードから一本、奥の道へと足を踏み入れた。

石畳の広いメインロードは打って変わって、家の軒先が重なり合うような薄暗い、狭い通りだ。肌に触れる空気がまったく違ってくる。

今にも地面から何かが這《は》い出してきて、足首にからまってきそうな雰囲気だ。

「あなたみたいな人が一人でこんなところをうろうろしていたら、一時間後にはキレイな死体になれますよ」

シーナにしても、ランディが一緒でなければ、迷宮に足を踏みこむのは少し心細い。

軽口に、しかし少しばかり脅すように言ったシーナに、フェリシアがわずかに首をかしげる。

「私のような人とは？」

皮肉な口調ではないが、本当にわかっていないのか？　と思いながらも、しかしあらためて口にするのは微妙に気恥ずかしい。

「えーと…、つまり」

こほっと咳払《せきばら》いをしてから、シーナは答えた。

「あなたみたいにきれいな人は特に、ということです」

そういえば、誰かに向かって「きれいだ」などとまともに口にしたのは初めてだ。

そしてあわててつけ足すように言った。

「皮をはがれて移植されることもありますからね」

ああ…、とフェリシアが小さくつぶやいた。

「なるほど」

という返事は、自分の美貌《びぼう》を自覚してのことなのか、どうなのか。

どことなくタイミングを外されるようで、ちょっとやりづらい。

裏道はいたるところで分岐していて、ランディが比較的安全そうなところを誘導してくれている。

メインロードほどの人通りもなく、時折、すれ違う人間はみんなうつむきがちで、どこかうさんくさく見えてしまうのは仕事柄だろうか。

表とは違って古びた建物が建ち並び、たまにどこからか叫び声や、うなり声、それに人間のものとは思えない鳴き声なども聞こえてくる。

しかしフェリシアの表情におびえはなく——慣れているのか、あるいはまったくの無知か、どちらかだろう。

しかしその眼差しは注意深く周囲をチェックしているようだった。

「何か目的があるんですか？」

シーナはじっとその横顔を眺めて尋ねる。

単に視察というよりは、何かを探しているようにも見えた。

ひょっとして視察を口実に、司法庁が秘密裏に何かを調査しているのだろうか…？

ふっとそんな疑惑が湧《わ》いてくる。現地の刑事たちをいいように利用しているだけで。

スッ…とフェリシアが顔を上げる。

——と、その時だった。

ふいにランディが足を止め、クルリとふり返った。

「このへんまでにしておいた方がいい。妙にきなくさい」

わずかに顔をしかめて——黒い犬面ではよくわからないが——彼が言った。

その言葉に、シーナもじわり…、と押し包んでくるような黒い気配を感じる。

警告、だろうか。この先は立ち入るな、と。

「そうだな…」

意識して落ち着いた、何気ない声で、シーナは同意した。

フェリシアを恐がらせる必要はない。

何度かこの街にはきたことがあるし、捜査にも入った。しかしこんな気配は初めてだった。

何かが、違う——。

「引き返しましょう」

そううながすと、ちょっと考えるようにして、それでもフェリシアはうなずいた。

足早にならないように、普通の歩調できた道をたどっていく。しかし明らかにランディも、そして自分も、全身に緊張をはらんでいた。

フェリシアだけが変わらず、ただ平静なまま、足を運んでいる。

コツコツ…、と、まっすぐに歩くその靴音が、シーナの耳にまるで催眠術のように規則的に響いてくる。

と、ようやくその意味に気づいた。

フェリシアの足音が聞こえる——つまりそれだけ、まわりが静かなのだと。

静かすぎるほどに——。

ギュッ…、と、いっせいに全身の毛穴が引き締まるようだった。

いくら裏通りとはいえ、屋外の街中なのだ。こんなに静かなはずはなかった。いく途中では、大通りの音も、建物の中からの生活音も届いていたのだから。そう、動物の鳴き声も。

いつの間にか、自然と会話が途絶えていた。

そしてある瞬間、パタ…、と三人の足が同時に止まった。止まった、ということが意識されないままに。

何かが見えたわけではない。——が。

すうっ…、とシーナは息を吸いこんだ。

「ラン」

低く、相棒の名前を呼ぶ。

スンッ、と短くランディが鼻を鳴らした。

「ああ…、囲まれてるな」

目に見えないところで。

前にも後ろにも、そして左右の建物の陰や窓にもじわりと迫ってくる気配を感じる。かなりの人数だろう。

――いったい……？

不思議だった。

確かに危険な地域で、観光客などは迷いこむと襲われることもあるだろう。だがたいがいは金品目的――目的が内臓やら皮やら、その肉体自体という場合もあるが――だ。こんなふうに集団で襲ってくることはほとんどない。

しかも、ランディが一緒にもかかわらず、だ。

エイリアンたちはこの街の中でもそれぞれの縄張り、というか、居住区分ができているし、確かにランディはこのあたりに住んでいる種族ではないのだろう。

それでも地球人に対する異星人、という意味では同類だった。刑事だということがわかっていればなおさら、通常は攻撃してくるようなことはない。

やはり狙《ねら》いはフェリシア——なのだろうか。だが、どうして……？

何か、あるのかもしれない。フェリシアがわざわざこんなところに視察にきた理由と、おそらくは関係があるのだろう。

ここを出たら問いただしてやる…、と、シーナは内心で決意した。

何も言わないままに守ってもらおうというのは甘すぎる。こっちにだって心構えとか、対処法とかがあるのだ。

ウーッ…、とランディが低くうなる。臨戦態勢だ。

気がつかれた、と向こうも察したのだろう。ざわり…、と、今度は明らかに殺気をまとった気配が近づいてくる。

「下がって」

片手でフェリシアを押しのけるようにして、シーナが指示した。

ヘンにおびえてパニックにならないでもらえるとありがたいが、と心配しながら、ちらっと様子をうかがうと、フェリシアは相変わらず無表情なまま、まるで変化はない。

シーナの眼差しに気づいて、ふっとその唇に薄い笑みが浮かんだ。

お手並み拝見、というわけか……。

思わずむっつりとフェリシアをにらむように眉をよせ、シーナは内心でうめく。

安心はしたが、しかし。

……可愛《かわい》くない……。

ちょっと理不尽にも思ってしまう。

「シーナ！」

しかしそんな不満を吹き飛ばすように、ランディの声が響いた。

反射的に胸を反らしたその目の前を、ビュン…！　と風を切って何かが飛んでくる。一瞬、喉元を焼けるような熱が走った。

それが何か、はわからなかった。が、くすんだ壁際によりかかるように捨てられていた車の残骸の、そのドアの部分にそれが当たる。

すると一瞬にして、白い煙を上げてドアの半分が消失した。あとには溶け落ちたような鉄くずが見えている。

「ゲッ」

さすがに背筋にゾッと冷たいものが走る。あんなものをまともに食らったら、骨まで溶けそうだ。

「とろとろしてんなっ！」

ガウッ！　と獰猛《どうもう》なうなり声を上げながらランディが跳躍した。

見えない敵が見えているのか、あるいは嗅《か》ぎつけているのか。

走り出したかと思うとトップスピードに乗り、ランディは手近のゴミの山から壁を蹴って反対側の壁の、三階にある窓へと飛びこんだ。

さすがにたいした瞬発力とバランス能力だ。いつもながら感心する、というより、あきれるくらいに。

そして、ギャッ！　とランディのものではない甲高い鳴き声が飛び出し、次の瞬間、どさり…、と何か黄色い塊が落ちてきた。

地面にたたきつけられ、四肢の投げ出された姿に、一瞬、野犬か何かかと思う。

が、それは犬ではなかった。どちらかと言えば、サルに近いのかもしれない。壁と同化するような黄色の長い毛に包まれ、ギョロリと異様に目が大きく、しっぽも長い。

喉を噛《か》み切られたのか、ぱっくりと大きく毛皮が裂け、どろりと緑色の――血、なのだろうか。流れ出していた。

その形状に一致する異星人の種族はない。ということは、最近彼らが持ちこんだペットの類《たぐい》かもしれない。見たことのない動物だった。

パタッ…、と軽い音が耳に届き、フェリシアを挟むようにしてシーナの背中にランディが飛び降りてくる。

息をつめて相手の出方をうかがっていると、仲間の血の臭いに誘われるように物陰から次々と光る大きな目が現れた。二、三十匹はいるだろうか。

大きさはランディよりひとまわり小さいくらいで、二本足で立っているものも、四肢をついているものもいる。

小さな手の先には鉤状《かぎ》になった爪が見え、それぞれの手——前足から後ろ足まで、モモンガのように皮がつながっていた。

会話をするように、キキ、キキキキ…、という甲高い声と、シュシュ…、という音が交互に聞こえる。

そして、それは次第に一つの同じ音に重なってきた。

『「種」……』

『「種」だ……』

『……「種」を……よこせ……！』

ゾッと背筋が凍りつくような、脳の中を直接引っかかれるような声。

——「種」？

しかしその内容に、シーナは首をひねる。

意味がわからなかった。

が、その間にも動物たちはザワザワと姿を現し、瞬きもせずに彼らを見つめたまま、何かを求めるように腕を伸ばして近づいてきた。

『よこせ……!』

『よこせ……! よこせ……!』

だんだんと語気が激しく、息づかいも荒くなってくる。

一番先頭にいた動物の、いっぱいに伸ばした指先がシーナの身体に触れる寸前——。

轟音《ごうおん》とともにその身体が吹っ飛んだ。その勢いで同類が数匹、一緒に後ろの壁にたたきつけられる。

シーナの手には銃が握られていた。かなり大型のリボルバーだ。

今、入っているのは通常の——対異星人用ではあるが——弾丸だったが、とりあえずダメージはあるらしい。

ギ——ッ! と威嚇するような声がいっせいに湧き起こる。

「……っと」

わずかに距離をとった動物から、さっきの弾のようなものが吐き出される。シーナの頭上をかすめ、毛先が焼かれたのか、ジュッ…、と嫌な音と臭いがした。

生態的にはさほど強靱《きょうじん》でもないようだったが、ヤツらの吐き出す唾《つば》は危険だった。

その飛んでくるスピードより速く、ランディが地面を蹴る。ジグザグに走り、狭い通りの隅に投げ出されているガラクタを足場に、強烈な前足の蹴りが次々と連中をなぎ倒し、たたき落としていく。

シーナは一方の壁を背に自分との間にフェリシアをかばい、続けざまに銃を発射した。

さすがに弾が切れ、シーナは銃を持った手首を強くふると同時に空の薬莢《やっきょう》を落とす。逆の手でとり出していた弾の装塡《そうてん》は、手慣れた作業でほんのコンマ数秒だった。

「クソ…っ」

が、飛んできた唾液《だえき》を避けきれずにとっさに腕でかばう。ザッ…！　と音がして、ブルゾンに結構な衝撃があった。

焦げ痕《あと》くらいはついたかもしれないが、弾にもレーザーにも対応する特殊繊維は肌を守ってくれたようだ。

「上！」

と、ランディの声が耳に突き刺さり、シーナは視線も向けないまま、立て続けに二発、頭上に向かって撃ち放った。

手応えはあったが、次の瞬間、ビシャッ…！　と濡《ぬ》れた感触が頭から顔に降ってくる。

「どわぁぁ――っ!」

と、たまらず情けない悲鳴を上げてしまった。

そのまま生温かい死体に視界がふさがれる。夢中でふり落とすが、緑色の血液なのか体液なのか、頭のてっぺんからたらたらと流れ落ちていて、気がつけばインナーもブルゾンの内側もべったりとその液体で汚れていた。

どうやら害はないようだが、気持ちは悪い。臭いも不気味だ。

が、それをぬぐう余裕もなく、左右から揺さぶられるように唾が吐き飛ばされ、シーナは必死に視界を確保しながらそれを避けた。

しかしその間に、追い立てられるようにじりじりとフェリシアから引き離されてしまう。

気がついた時には目の前に二匹が立ちふさがり、フェリシアも四、五匹のサルもどきにとり囲まれていた。

――しまった……!

一気に血の気が下がる。とっさに相棒を視線で捜すが、どこかの建物の中に入っているようで姿が見えない。

「フェリシア!」

一匹が彼におどりかかるのが目の前の動物越しに視界に映り、シーナは反射的に銃を持った手を挙げた。

しかしその腕に目の前にいた一匹が飛びかかってくる。

『「種」をよこせ……！』

耳障りな声が叫び、ギラギラとしたものすごい目つきでシーナをにらんで、伸ばした鉤爪で襟元《えりもと》につかみかかってきた。

「つ…！」

喉がつまり、鋭い爪先に引っかかれたようで、チリッとした痛みが肌を伝わる。

しかしそれどころではなかった。

ぐにゃりとするのが気持ち悪かったが、かまわず突き出した左手でがむしゃらに動物の顎をつかんで口をふさいでおいてから必死に突き放そうとする。しかし身体が柔らかいのか、動物の腕も胴もゴムのように伸びて、なかなか引きはがせない。

シーナは夢中で手首を曲げ、自分の首につかみかかっていた動物の頭を吹っ飛ばした。

反射的に顔を背けたが、当然のように勢いよく緑の血が飛び散ってくる。自分の体液に毛皮を濡らして、ようやく動物が手の中でぐったりした。

続けてもう一発、飛びかかってきたヤツを吹き飛ばし、その死体をふり払ってシーナはハッとフェリシアを確認する。

最初の攻撃は避けたのか、しかし威嚇するような鳴き声とともに、さらに一匹が正面から跳躍していた。

まずい、と銃を構えた時、ヒュン…、と風を切る音とともに、フェリシアの手元で何かが弧《こ》を描くように光る。

何だ…？　と思った次の瞬間――。

「え…っ？」

思わず声が出る。

何かに弾かれるように、フェリシアに迫っていた一匹が悲鳴を上げて飛ばされた。そして続けざまに左右にいた二匹も空中に放り出される。

まるで、平然としたままそれを眺めているフェリシアの指に操られるように。

が、彼が操っているのは、ムチ――のようだった。

そして後ろも見ないままに身体を反らせ、背後から迫っていた一匹の身体をしなるムチの先でからめとる。

大きな、激しい動きではない。

ただ肩口で髪が揺れ、どこか舞を見るような美しさだった。

そして次の瞬間、フェリシアの手元からムチを伝って蒼白《あおじろ》い光が走る。

電流……、だろうか。

捕らえられた動物の身体が大きく痙攣《けいれん》し、だらりと動かなくなってから、フェリシアはムチをふるってそれを地面に倒れていた死骸の上に放り投げた。

気がつけばほとんど片づき、数匹残っていたようだがさすがに戦意が失せたのか、じりじりと後退して飛び跳ねるようにして散り散りに逃げていった。

ふぅ…、とシーナは思わず肩で息をつく。

いつの間にか、ランディも自分の分担を片づけたのか、ひょこひょこともどってきた。コイツも緑の血を浴びていていいはずだが、真っ黒い毛皮のおかげかほとんどわからない。

さっきのフェリシアのムチの扱いを見ていたのだろう、思わず顔を見合わせてしまった。

そんな二人に気がついたのか、フェリシアがスッ…と視線を上げてシーナを眺め、淡々と言った。

「キレイな死体になる趣味はないからな」

シュルッ…、と手にしていたムチをひとしなりさせると、そのまま手の中に短く収め、左の手首に巻きつける。

「女王様だ…」

ごくり、と無意識に唾を飲みこみ、シーナは思わずつぶやいた。

「女王様だな…」

ランディも黒い鼻をピクピクとさせながらうなずく。

めずらしく相棒と意見の一致をみたようだった……。

◇　　◇

「ヌールー？」

あのサルもどきの宇宙生物を蹴散らしたあと、なんとかメインロードへもどり、シーナはフェリシアについて彼の滞在しているホテルへ向かっていた。

ランディは報告もあっていったんオフィスへもどったのだが、シーナはさすがに髪から服まで緑色に染まり、身体もべたべたと気持ちが悪いし、しかしこんな状況ではフェリシアを一人で放り出すわけにもいかない。

するとフェリシアがホテルでシャワーを浴びればいい、と言ってくれたのだ。服もクリーニングに出してもらえそうで、正直助かる。やはりこんな緑色の得体の知れないものを、他の洗濯物と一緒にはしたくない。

案外親切なんだな…、と意外に思ったが、もともと次の行き先がそのホテルだったというだけかもしれない。高等判事の泊まるホテルも同じところらしく、セキュリティのチェックが必要だったのだ。

ホテルへの道々、シーナは初めてあの動物の名前を知った。フェリシアは見たことがあったようだ。生なのか資料でかはわからないが。さすがに博学だ。

高等判事秘書というのは、どのへんまでの知識が要求されるんだ……？

ふっとそんなことを思う。まあ、必要ならば検索にかければいいだけだが、……さっきのような場合には、とっさの判断も必要になる。

「攻撃性のある動物ではない。誰かにコントロールされていたのだろうな」

相も変わらず無表情なままに言ったフェリシアに、シーナは眉をよせ、短く息を吐いた。

「麻酔弾を使えばよかったな…」

思わず、そんな言葉がこぼれてしまう。

無益な殺生をしたいわけではない。犯罪者のエイリアンにしても、他の動物にしても。

が、未知の生物相手だと効くか効かないかがまずわからないので、自分の命を考えるとどうしても安全な方をとらざるを得ない。

そんなシーナを、じっとフェリシアが見つめていた。

その視線に気づき、シーナは気をとり直して尋ねる。

「で、そのコントロールしている誰か、とは？」

「それがわかれば苦労はない」

さらりと視線を前にもどして、フェリシアが淡々と答える。

バカか、と言われたようでいくぶんムッとしながら、シーナは続けて尋ねた。

「命を狙われる心当たりはないんですか？」

しかもエイリアンに、だ。まあ、司法庁のスタッフならないこともないのだろうか…、しかし秘書官が狙われる意味はわからない。

「私が？」

その問いに、わずかに顔を上げてフェリシアが聞き返してくる。

「もちろんあなたがですよ」

シーナは、ふん、と鼻を鳴らした。

それは、自分やランディにしても仕事上、恨みを買うことはあるだろうが…、しかし今回の狙いはフェリシアだろう。——そう。

「『種』…、ってなんです？」

思い出して、さらに問いを重ねた。

「あなたがその『種』を持ってるんじゃないんですか？」

恨みとか何とかよりも、連中には目的があって狙ってきたのだ。そして自分たちに覚えがない以上、その「種」とやらをフェリシアが持っているはずだ。

「……いや」

ほんの一瞬、口をつぐみ、短くフェリシアは答えた。

表情は変わらなかったがどこか嘘っぽい。しかし問いつめてしゃべるタマとも思えない。

ちょっとため息をついて、別の角度から攻めてみる。

「あの武器って、司法庁の支給なんですか？」

判事だけでなく、事務官である秘書にまで武装させているのだろうか？　一緒に行動していれば危険な状況にもなるだろうが、しかしただの秘書官にしてはあまりにも使い慣れていたようで…、しかも場慣れしていたようで、いささか引っかかる。

「欲しいのか？」

「……えっ？　あ、いや、そういうわけじゃないんですけどね」

思ってもいなかった方向から真顔で聞き返され、思わずしどろもどろになってしまった。

ムチが欲しい——というと、妙に妙な方向のことを想像してしまって。

いや、もちろんフェリシアにそんなつもりはないのだろう。……多分。

確かに便利そうな武器ではあったが、使い慣れないと自分を打ってしまいそうで、ちょっと恐い。

そのうちにホテルへと到着した。

核都心のさらにど真ん中にある超高層ホテルで、当然と言おうか、最上階ぶち抜きのスイートだった。ペントハウスだ。

思わず、ほぇー、と間抜け面であたりを見まわしてしまう。

シーナの部屋を全部合わせたくらいはあるだだっ広いリビングは、旧世紀のアンティークな調度でまとめられ、生花もふんだんに飾られて、いかにもハイソな雰囲気だ。この分ではバスルームにバラの花びらが浮いていても驚かない。

……いや、しかし秘書がこの部屋なら。

「クライン判事はどこに泊まるんです？」

これ以上のランクはないはずだが。

「ここに」

さらりと答えられて、シーナは目を見張った。

「え？　一緒の部屋にですか？」

「その方が便利だからな。それにベッドルームは三つ、バスルームも二つある。一人で使うには広すぎるだろう」

　確かにシーナのような庶民感覚ではそうなのだが、しかしボスと秘書が同室で宿泊というのは、……やはりそういう下世話な関係を想像してしまう。

　ふっと、オフィスでの二人の様子を思い出した。やっぱりか…、と。

　シェルフィードは生殖のためのセックスは必要ないと言っていたが、快感を求めるのはまた別なのだろう。そうでなくとも、判事などは自分の星を離れて任務に就くことが多いわけで、生涯故郷を離れることのない一般のシェルフィードよりもずっと、悪い言い方をすれば、「すれている」のかもしれない。

　あの男がチェリーでないのはちょっと残念…、というか、つまらん、という気もするが。完《かん》璧《ぺき》な人間にはやはりどこか愛嬌《あいきょう》があってほしいものだ。

「そういえば判事は今日は犯罪捜査局の視察みたいですけど、明日からはどうするんです？　会議まで一週間あるんでしょう？　別行動みたいでしたが」

「クライン判事は本日の視察のあと、会議まで休暇に入る」

「そりゃまた優雅な」

　いいご身分だ。出張先で休暇などと、ちょっとした旅行気分だろう。

シーナは肩をすくめた。

そんなシーナをちらりと眺め、フェリシアがドアの一つを指さした。

「バスルームを使ってくるといい。部屋に臭いがつく前にな」

へいへい…、と顎を突き出すようにして、シーナはその言葉に従った。

幸い湯船にバラはなく——オプションでつくのかもしれないが——、とりあえずシャワーで頭のてっぺんから汚れを落としていく。

クンクンと身体の匂いを嗅いでみて、アメニティの高級っぽい石けんをめいっぱい身体に塗りたくった。

そしてさっぱりして出てくると、着ていた服はクリーニングに出されたようで見当たらず、仕方なく目についたバスローブを羽織って出る。

銃だけは手元から放さなかったが、妙にスカスカと心許《こころもと》ない気分だ。そうでなくとも、収める場所はポケットくらいしかない。いざという時に抜きにくいが。

リビングにもどると、フェリシアの姿はなかった。

まさか一人で外をうろうろしてないだろうな、とちょっとあせって、目についたドアを順に開けてみる。

片側の隣の部屋は寝室になっており、反対側は書斎のようだった。そこから別のドアを抜けると向こうにはさらに広いリビングがあり、三つあるドアの一つはもう一つのバスルームへとつながっているらしい。他は別の寝室だろうか。

かすかに聞こえてきた水音に、シーナはホッと息を吐き出した。フェリシアもシャワーを浴びているのだろう。

もといたリビングにもどって、目についた果物を盛ったバスケットからリンゴを勝手にもらった。それをかじりながら壁のスクリーンを開くと、地上も見えないほどの高さだった。高所恐怖症ではないが、さすがにゾッとする。

核都心のビル群も、遠くに海も一望できる、さすがにすばらしい展望だった。沈み始めた夕《ゆう》陽《ひ》に街が赤く染め上げられていく。

……それにしても。

カリッといい音をさせながら、シーナは考えた。

フェリシアの行動はやはり怪しい。たいした用があるわけでもないのに、わざわざあんな場所にいったことも、……それに、襲われることも、ある程度予想していたような気がする。そうでなければあれほど冷静な対処はできないだろう。

それに、例の「種」のことも。

——問題は司法庁ぐるみで何か企んでるのか、フェリシア個人の問題か…、だよな…。

司法庁ぐるみだとすれば、こちらに知らされていないだけで何か大きな捜査が行われている、ということなのだろう。正直、かなりむかつく。

多分、そっちなんだろうな…、とシーナは思った。

フェリシア個人の問題にしては、ボスである高等判事がたまたま会議で地球にきた、というのはタイミングがよすぎる。

と、背後でドアの開く音がして、ハッとシーナはふり返った。

フェリシアが出てきたらしい。

——が、その姿に思わず、手にしていたリンゴの芯《しん》がぽとり、と床に落ちた。

同じホテルのバスローブ姿にしっとりとした濡れ髪で、大きく開いた胸元の白い肌がわずかに温度を上げて桜色に染まっている。

……ちょっ……、ヤバイだろ……、それ……。

知らず目が吸いよせられ、ドクッ…、と心臓が鳴った。

今までがストイックな雰囲気だっただけに、生唾《なまつば》を飲むような色気だ。

瞬きもできずに見つめている自分に、フェリシアと目が合って初めて気づき、シーナはあわてて視線をそらした。

「……あ、すみません。もらいました」

そして足下のリンゴの芯を急いで拾い上げる。

別にリンゴ一個で文句を言うほどしみったれてはいないと思うが、とりあえずあやまったシーナに、フェリシアは軽くうなずいただけだった。

しかし、何でバスローブ姿なんだ…？

混乱しつつ、とりあえず手にしていたリンゴの芯をゴミ箱に投げ入れる。

仕事を終えてリラックスしたかっただけかもしれないが、フェリシアなら他人の前では常にきちんとした服装でいそうなものだ。シーナと違って着替えがないわけでもないだろう。

「君の服はクリーニングを頼んだ。すぐにでき上がってくると思うが」

「あ…、はい。すみません」

事務的に言われて、シーナはあわてて礼を口にする。

それにしても、二人して風呂上がりのバスローブ姿というのは。

……なんだか微妙なシチュエーションだ。知らない人間が見たら誤解を招きそうな。

こほっと、シーナは無意味な咳払いをしてしまう。

というか、こんな下世話な想像は、フェリシアからすれば冷笑ものなのだろう。

しかしフェリシアは寝室へ入って着替える様子もなく、そのままリビングの冷蔵庫からアイスウォーターをとり出した。栓を開けると弾けるような音がして、凍っていたミネラルウォーターが一気に溶解する。

グラスに半分ほど注いでから、ふっとこちらを見た。

「君は？」

「あ、いただきます」

勧められて、シーナもうなずく。

少し頭を……身体を冷やしたい気分だった。風呂上がりの身体はかなり冷めてきていたが、何だかまた熱を上げたような気がする。

水の入ったグラスを差し出され、シーナは少しドキドキするような気持ちで近づいた。

距離があればまだしも、指が触れ合うくらいの至近距離になると、さらにフェリシアの肌の白さが目を焼く。

これ一枚で、下は真っ裸……なんだよな……。

それを想像すると、情けなくも鼻血が出そうだ。

どんな顔をするんだろうか…？　あの判事と一緒の時は。少しは笑顔を見せたり、甘えたり…、するのだろうか。

頭の中で勝手な妄想が広がり、シーナは胃に沁《し》みるような水を一気に飲み干して、ようやく気持ちを落ち着かせる。

った。

「え、えーと」

その様子を黙ったままじっと見つめられているのに気づいて、シーナは妙に居心地が悪くなった。

「コーヒーは?」

続けて聞かれて、シーナはあわてて手をふった。

「い、いえ。とんでもない」

そんな、限定的にもボスに淹《い》れさせるなど。

……それに。

「そういえば、秘書官はコーヒーはあまり飲まれないんですか?」

話を変えるように、あるいは何気ない世間話へ移行させるように、シーナは早口に尋ねた。

「好きな方だが。なぜ?」

怪訝《けげん》そうに聞かれて、シーナはポリポリと頭をかく。

「ええと…、いえ、今朝、ウチのオフィスで出されたやつ…、苦くなかったですか?」

平然とした顔をして飲み干していたが。

「苦かったな」

フェリシアはさらりと答えた。

「だがせっかく淹れてもらったものだろう?」

……本気で言っているのだろうか?

かなりあからさまな嫌がらせだったと思うのだが。

気を遣った、ということだろうか。ならば、言動にももう少し気を遣えよ、と言いたいところだが、ひょっとして案外、素直すぎるだけ……なのか? という気もしてくる。

「それとも酒がいいのか?」

「あ、いえ。まだ仕事中ですし」

そうでなくとも、フェリシアは一緒に酒を飲んで楽しい相手とは思えない。

「私の今日の任務は終了した。ということは、君の仕事も終わったということだ」

確かに、今のシーナはフェリシアの指揮下に入っているのだから、彼がいいと言えばいいわけだろうが。

「や、でも」

フェリシアにはそぐわない妙に熱心な誘いに、かえって違和感を覚える。

他人と馴れ合いたいタイプにはまったく思えないが…。どちらかと言えば、距離をとりたい性格のように思える。

「酔って帰れなくなると困りますしね」

そのいくぶん冗談めかして言ったシーナの言葉に、フェリシアはあっさりと言った。

「このまま泊まっていけばいい」

「えっ?」

一瞬、心臓が口から飛び出しそうになる。

……誘われてるのか……?

思わず、そんな可能性を考えてしまった。が、すぐに否定する。

……まさか、な……。

そういう意味で誘うというには、あまりにも直接的すぎるだろう。警護代わりに泊まっていけ、とか、そういう意味のはずだ。……多分。

「いや、ほら、うっかり酔って秘書官に失礼なことをしてもまずいですし」

引きつった笑みを浮かべて、シーナは必死に言い訳をしてみる。

「失礼なこととは?」

しかし淡々と聞かれて、さすがに返事につまった。

そんな具体的に聞かれても困る。

フェリシアは自分のグラスに赤ワインを注ぎ、それを手にしたまま、優雅にソファに腰を下ろした。——今のシーナの立ち位置から真正面のソファに。

半分ほど喉に通してからテーブルにグラスをおき、ゆったりと何気ない仕草で足を組む。

が、その拍子にバスローブの裾がはだけて、片足が腿《もも》のあたりまでむき出しになった。

──ちょっと待て──っ！

心の中で叫び、シーナはたまらずクルリと身体の向きを変えた。

とてもじゃないが正視できない。というか、もはや挑発されているとしか思えない。

「シーナ」

通る声に呼ばれて、肩で大きく呼吸を整え、シーナは仕方なくふり返った。

視線がどうしようもなく落ち着かない。

こちらへ、とうながされ、仕方なく近づいてみる。

……本気なのか……？

と、そんな疑惑とあせりと……そして期待、に胸が高鳴ってしまう。

フェリシアの目の前に立ち、覚悟を決めるように息を吸いこんで、シーナはじっと彼を見下ろした。

静かな眼差しが見つめ返してくる。

「君は異性オンリーのポリシーでも？」

ワインに濡れた赤い唇が尋ねた。

「そんなことは……ないんですけど」

もぞもぞとシーナは答える。すでに世界人口の四分の一は同性でパートナーシップが結ばれている時代だ。

ふわり、と優しい匂いが鼻をくすぐった。石けんの香りか……いや、さっき自分も使ったものとは違う。どこか覚えのあるような、やわらかな匂いが鼻から吸いこまれる。

ぞくり、と身体の奥が震えた。

「君の目から見て、私は性欲の対象として魅力に欠けるか？」

じっとシーナの目を見て尋ね…、そして、フェリシアが微笑《ほほえ》んだ。

一瞬、息が止まる。

初めて見た、まともなフェリシアの笑みだ。くらり、とめまいがするようだった。

——男として、こんな据え膳《ぜん》をひっくり返せるヤツはいないはずだ。宇宙中捜したって。

「……知りませんよ……？」

声がかすれてしまっていた。

ここで、こんな立場の人間に手を出したらどうなるか、などということを考える理性はなかった。

シーナはそっと手を伸ばす。手のひらが白い頰《ほお》に触れ、確かめるように指先で唇を撫でる。

フェリシアの目は瞬きもせずにシーナを見つめたままで、その瞳の奥に吸いこまれそうな気がした。

引かれるようにシーナは絨毯《じゅうたん》に膝《ひざ》をつく。

そのまま静かに顔を近づけた。

吐息が触れ、やわらかな唇が触れる。

——と、その時だった。

リリリン…、と涼やかな音が鳴り響き、ハッと我に返るようにシーナは身体を離した。

自分のしていたこと——しようとしていたことが、ようやく理性的に意識される。

『クリーニングをお持ちいたしました』

続いて届いたそんな声に、シーナは反射的に立ち上がった。

「で、できたみたいですね」

情けなく声がうわずっていた。フェリシアの返事も待たず、急いで自分が戸口までとりに出る。

彼の顔は見られなかった。

そして受けとったあと、シーナはそのままバスルームに飛びこんで着替えた。しわ一つなく、ピシッとプレスのきいたブルゾンは妙に身体に馴染《なじ》まない。しかしそんなことを気にしている

心の余裕はなかった。

「では、本日は失礼します！」

そしてドアのところから奥へ怒鳴るようにして叫ぶと、そのまま部屋を飛び出した。

許可もなく、本来は職務規程違反に問われるところだ。

――やばい……。マジ、やばかった……。

夕闇の落ちたホテルの外に出て、ようやくシーナは息を吐き出した。

額や背中には汗がにじみ、ズキズキと身体の中心が熱を持ってしまっている。

いったい、あれは何だったんだ…、と思う。フェリシアがどういうつもりなのか、まったくわからない。

旅先の一夜のアバンチュール、など考えるタイプには見えないが。

それとも、昼間は女教師、夜は女豹《めひょう》――、とかいうタイプなのだろうか？

「……うっ」

想像だけで何かが噴き出しそうで、思わずシーナは片手で鼻と口をふさぐようにして押さえこむ。

からかわれただけだろうか……？

そんなふうにも思うが、冗談かどうなのか、あの表情からではまったくわからないから始末が悪い。

……というか、ひょっとして、何かの査定とか監査なのか？

そんな疑惑も湧いてくる。

ホイホイと誘惑に乗るような男かどうか。人間性の審査とか？

末端の刑事風情《ふぜい》にそんなことをいちいち調査するほど司法庁もヒマではないはずだが。

……とりあえず今夜は、ひさしぶりに抱き枕《まくら》が必要な気がした……。

※　　　※

バン……！　と遠くで聞こえたドアの閉まる音に、フェリシアは小さくため息をついた。

何というか、失敗した、という苦い思いと、自分のしたことに対する居心地の悪さ、そして、ちょっとホッとしたような気持ちが複雑に入り混じる。

あのまま進んでいたら、自分がどうなっていたのかまるで想像がつかなかった。

……いや、最後まで持ちこまなければならないはずだったけれど。

正直、フェリシアには荷の重い仕事だった。泣き言を言っている場合でもないのだが。

「逃げられたな」

そんな言葉がふいに背後から届く。

馴染《なじ》んだ声に、ふり向かずともその主はわかっていた。

「誘うのは得意ではない。……おまえほどにはな」

フェリシアは憮然《ぶぜん》と答えた。前髪をかき上げる。

クックッ…と、マリオン・クラインが喉《のど》で笑った。

「いつからいた?」

そしてようやくちらりと顔を上げて尋ねる。

「初めから」

「向こうの寝室に隠れていたのか?」

「人聞きの悪い。邪魔をしないようにしていただけだが」

すかした答えに、フェリシアは軽く鼻を鳴らす。

そして目を閉じて、ソファに深く身体《からだ》をあずけた。

さすがにちょっと疲れていた。精神的に、だが。

「無理をするな」

さらりと髪を撫《な》でられ、優しく言われて。

「無理くらいする。私のミスだ」

しかしフェリシアは淡々と返した。

「フェリシア」

いくぶんいさめるような、クラインの声。

「あの場合、それが唯一の方法だったんだろう？　仕方がなかったはずだ。俺がおまえでもそうしていた」

……たとえそうだったとしても。

シーナ。椎名千秋《しいなちあき》――。

変わらない……同じ目をしていた。あの時と。

無垢《むく》な優しさと、強さと。正義感。

自分を襲ってきた敵にも、得体の知れない生き物にも、おそらくは仕事で対するエイリアンたちにも、常に痛みをもって接している。

――それを利用したのは、自分だった。

一瞬、触れ合った部分が熱かった。無意識に指先が自分の唇に触れる。

それはフェリシアにとって単なる手段にすぎない行為だったが、妙に落ち着かない気分だった。

「一刻も早く回収しなければな…」

自分でもわからない迷いをふり払うように、フェリシアはつぶやいた。

——そして、そのあとは。

フェリシアにもまだ、わからなかった。

法的に裁かれることはない。

ただ権利があるとすれば。

——彼にだけ、だった。

※　　　※

「ん？　どうした、シーナ。寝不足な顔してんじゃないか」

翌朝、めずらしくシーナより少し遅れてオフィスへ入ってきたランディが、シーナの顔を見て首をかしげた。そして舌を出して、いしししし、といやらしく笑う。

「まさかゆうべは美人秘書としっぽりか？」

「アホ」

冗談にもならないことを言われて、シーナはむっつりと相棒をにらみつけた。

「襲ったんじゃないだろうな」

「襲われたよ」

言い返すと、見栄か冗談だと思ったのか、ランディが陽気な声を上げた。

「いいねえ」

「よくあるかっ」

倫理委員会に訴えられるくらいのセクハラ…、というか、パワハラだ。繊細な男の生理をどうしてくれる。自分の部屋に帰ってから、しばらくバスルームにこもらなければならなくなったくらいなのだ。

「俺はあの手の美人は苦手なの」

うんざりとシーナは言った。

やはり幼い時の体験がトラウマになっているせいなのか。いや、もちろん男として嫌いなわけでは決してないが、やっぱり一歩退いてしまうというか、躊躇《ちゅうちょ》してしまうというか。

「あのストイックそうなところがなかなかイイと思うが」

「めっちゃ扱いづらそうだろ。あんなのが恋人だったりしたら」

「まぁな」

ランディが器用に肩をすくめる。そしてちろっと上目づかいに言った。

「けど、あの美人秘書はおまえのストライクゾーンだ」

すっぱりと言い切られて、シーナは思わず口ごもった。

「……何でだよ?」

そしてうかがうように尋ねてみる。

「おまえ、矛盾してるんだよ。苦手苦手と言いながら、惚《ほ》れる相手はたいていあんなんだろ。性格キツそうなクールな美人」

「そんなことないだろ…」

反論しながらも、その語尾は弱い。視線が知らず、漂ってしまう。

意識したことはなかったが、そう言われれば確かにつきあったことのある女は——男もあるが——みんな、そこそこのラインではあった。

そう、いいなー、と鼻の下が伸びるのはグラマラスでゴージャスなタイプなのだが、実際に気持ちが向かうのはいつも、スレンダーであまり感情を見せない相手だ。

苦手で、近づきたくなくて。だが同時に、惹《ひ》かれてしまう。

冷たい、さびしげな瞳の中で何を考えているのか、何を心の中に抱えているのか。それが知りたくて。

誰ともあまり長く続かないのは、仕事が不規則なせいというよりも、きっとつきあい始めてしばらくたつと、相手がわかってしまうせいなのだろう。

悪いところが見える、ということではない。外見よりずっと優しかったり、気だてがよかったり、甘えん坊だったり…、おそらく普通の男ならばうれしいことでさえ、シーナにはどこか噛《か》み合わなくなる。何かが違う…、と思ってしまう。

本来ならば、おたがいにわかり合えるのがベストなはずで、相手からすればまったく理不尽な話だが。

手が届かない幻に手を伸ばすようなものだ。

……まるで……、あの時のエイリアンを捜しているのと同じ感覚だった。

まったく別次元のことのはずなのに。恋愛感情と一緒にするようなことではない。

「違うの。秘書官は関係ねぇよ」

何かを追い払うように軽く頭をふって、シーナは言った。そして話を変えるように説明する。

「ゆうべ、ウチのマンションで何か騒ぎがあったみたいでな。夜中、ちょっとやかましくて目が覚めたんだよ」

どな」

「泥棒が入ったらしい。ま、下の方ですぐにとっ捕まったらしくて、俺の出る幕はなかったけ

「騒ぎ?」

ふぅん…、と興味を失ったらしく、ランディが首をまわす。

もともと泥棒では管轄も違う。犯人がエイリアンでもなければ、だが。いずれにしても、刑事のいるマンションにバカなヤツだ。

「今日はどうするんだ?」

聞かれて、シーナは深いため息をついた。

そうなのだ。それが問題なのだ。

「今日も制服かな、あの神父みたいなの。美人秘書はあの黒の服がいいよなー。神聖そうで、思いっきり乱してやりたい気分にさせられる」

また話を蒸し返され、さらには刑事としてはあるまじき発言に、シーナはじろり、と黒い頭をにらんだ。

「おまえだって真っ黒だろ。思いきり乱してやろうか? ああ?」

言いながら、シーナは相棒の背中にがばっとつかみかかる。ちょっとうらやましいほど、しっかりと固い筋肉だ。大きさにしても、小柄な成人くらいは十分にある。

「いやーん」

わざとらしく甲高い、不気味な声を上げてランディが跳ねた。

シーナはでかい犬の身体を押し倒し、取っ組み合って床を転がる。

同僚に白い目で見られながらじゃれていると、頭上から低い声が降ってきた。

「シーナ。なぜここにいる？」

決して感情的にならない、聞き慣れた低い声。

ピタッ…、と、シーナとランディの動きが同時に止まる。

まぎれもなくボスの声だ。

「お、おはようございますっ」

シーナはあわてて立ち上がり、敬礼してみせる。

しかしそんな挨拶《あいさつ》を受け流して、ＢＪは事務的に言った。

「おまえは今、フェリシア・ラム秘書官の指揮下にあるはずだろう？　その指示があるまで、こちらに出勤する必要はない」

「実はそのことなんですが、……その、担当、代えてもらうわけにいきませんか？」

その言葉に、ＢＪがじっとシーナを見つめて腕を組む。

「理由は？」

「ええと…。何となく気が合わなくて」

「子供か」

もごもごと口の中で言い訳したシーナに、ボソッと横でランディがつっこむ。

余計な一言にぶん殴りたかったが、悔しいことに正論だ。

「いえ、向こうもきっとそう思ってると思うんですけどね。こういう仕事は、おたがいにやりやすい方がいいでしょう?」

昨日の今日ではさすがに気まずいだろう。むしろ、向こうの方が、だ。

別に恥をかかすつもりはなかったし、……その、正直なところ、邪魔が入らなかったらきっと最後までいっていた。と思う。

シーナにだって、普通の人間の男並みに性欲はある。あんな美人に迫られたら、誰だってお手合わせしたいと思うはずだ。

一晩の相手としてフェリシアに不満があったわけではなく、ただ、やはり立場を考えるとまずい。なんとか逃げ出した自制心を褒《ほ》めてほしいくらいだった。

「秘書官からはおまえに、本日の視察に同行するため一〇:〇〇AMにホテルに迎えにくるように、と指示があったが?」

「え?」

しかしＢＪのその言葉に、シーナは思わずほうけた顔をさらしてしまった。

……マジか？　何のつもりだ……？

「報告によると、昨日、秘書官は襲われたそうだな。司法庁のスタッフに万が一、ケガでも負わせると、D.T.の犯罪捜査局全体の汚点ともなる。状況にかんがみて、今から二十四時間体制の警護に切り替える。わかったな？」

「え――――――っっ！」

ぐるぐると考えている間にもＢＪの言葉は続き、さらなるショックにシーナは叫び声を上げた。

やばい。それはやばすぎる。今度まともに迫られたら自分の理性に自信が持てない。

「役得だな、シーナ」

「チアキちゃん、ご・し・め・い～」

「ちくしょう、うらやましいぜっ！」

が、わくわくと聞き耳を立てていたらしい同僚たちは意味ありげな笑みを浮かべ、いっせいに手を打ってはやし立てた。

「いつでも代わってやるぞっ！」

中指を立てて物見高い外野を怒鳴りつけ、しかしＢＪに泣きついても無駄なことは経験上、よくわかっている。

仕方がなかった。一週間の試練だ。なんとか自分の理性を鍛えるしかない。

……そう、ランディもいるのだ。コイツに相手をさせればいい。

「いくぞ、ラン」

気をとり直し、顎《あご》をふって歩き出そうとしたシーナに、ランディはあっさりと言った。

「あ、俺は別の事件が入ってるから」

「何っ⁉」

思わず前につんのめりそうになり、なんとか体勢をもどしてシーナはものすごい勢いでふり返った。

「BJ！」

悪いな、とまったくそう思っていない顔でつらっと言った薄情な相棒から、シーナはボスへとすがるような視線を向ける。

「人手不足だ。おまえ一人でいってもらう」

「そそ。人手不足なんだってよ。犬の手も借りたいくらい」

前足を持ち上げて、にたり、と笑った――多分――ランディに、自分で言うなっ、とシーナは内心でわめき、どうしようもなく情けない気持ちでオフィスをあとにした。

まったく気は進まなかったが、敵前逃亡するのはもっとしゃくに障る。

昨日飛び出した重厚なペントハウスのドアの前で、シーナは大きく深呼吸した。

いくぶんためらってから嫌々ながらチャイムを押すと、リリリン…、と耳に優しい上品な音が幾重にも室内に鳴り響いているのがかすかに聞こえてくる。

なぜか緊張して、落ち着かない気分で待っていると、まもなく「入れ」と、どこからか声がした。

隠しモニターで確認されたのだろう、ロックが外された気配に、シーナはドアを押して中へ足を踏み入れた。

入った先は総大理石張りの広い玄関ホールになっており、ドアが二つ、ある。

中はつながっているのだろうが、片方は判事の使うリビングに通じているのだろう。

こっちだよな…、と記憶を頼りに、シーナはおそるおそる片方のドアを開いた。またバスローブ姿かとドキドキしながら足を踏み入れる。

が、フェリシアはすでに例の司法庁の制服なのだろうか、ランディ好みの黒のシンプルな服に着替えていた。

昨日、すわっていたのと同じソファ。膝《ひざ》を組んだ同じ姿でコーヒーを飲んでいた。

「ご苦労」

彼の姿に透明な眼差しが上がり、短く、昨日のことは忘れたかのように言われて、シーナは一瞬、言葉に迷った。

「仕事ですから」

それでもなんとか腹に力をこめ、動揺を見せずにさらりと言い返した。……そんなことで張り合っても、とは思うが。

「判事はご一緒なのでは？」

何気なく口に出た言葉は、意識しないまでも嫌味だったのかもしれない。

しかし、判事とそういう関係なのであれば、その同じ部屋で自分を誘うのはかなり危険ではないかと思うのだが。時間差でスリルを楽しみたい、ということなのか。それとも、おたがいに相手を束縛しない、さばけた関係なのか。

――わかんねー…。

シーナは内心でため息をつく。まあ、シェルフィード相手の恋愛は、また地球人の感覚とは違うのかもしれない。

「クライン判事は休暇に入られた。しばらく京都《きょうと》を堪能しているはずだが」

さらりと言われて、ゲッ、とシーナはうめく。

ということは、今夜はここに帰ってこない、ということだろうか？　だから、また自分を指名したのだろうか？

——モテる男はつらいなー…。

と、自分に言い聞かせながらも、追いつめられているのは自分のような気がして、シーナは精神的なガードを固くする。心の中で十字を切った。

——哀れな子羊の貞操が守れますように。アーメン。

キリスト教徒ではまったくなかったが、神にでも仏にでもすがるしかない。

……いやしかし、子羊《ラム》、と言ってしまうと、フェリシアのことになりそうだが。

「それで、今日はどちらにいかれる予定なんです？」

「コンベンションホールと貿易委員会、犯罪捜査局付属の宇宙生物学研究所、それとエイリアン支援センターをまわる」

とりあえず仕事モードで尋ねたシーナに、フェリシアも過不足なく答えた。

怜悧《れいり》で端整な横顔に、本当に昨日のことが夢かと思えてくる。二重人格かと思うくらいだ。

あれは一時の気の迷いで、なかったことにしたい——、というのであれば、シーナにしても異存はないが。

が、そう思うと、とたんにもったいなかったかなー、という気になってしまうから、男はどうしようもない。

今日は車――ホバークラフトだ――を出してもらったので、シーナが運転しながら視察現場にお供していった。

許可制なので、核都心《コア・シティ》やそれをとりまく住宅エリアでは車を使う人間はほとんどおらず――官公庁のお偉方くらいだろう。フェリシアと同じく、だ――、信号や対向車もほとんどない。

張り巡らされた桜のホログラムの中を突っ切るように走っていく。

何やら狙《ねら》われているらしいのでそれなりに前後左右を確認しながら進むが、それらしい気配はなかった。

視察場所でも、特殊なサングラスを装着して近づいてくる人間――らしく見えても中身は違うかもしれない――の所持品などを油断なくチェックする。

が、その姿はあまりにも怪しかったらしく、フェリシアに同行していてさえ、かなりうさんくさい目で見られてしまった。同じ犯罪捜査局の付属施設になる宇宙生物学研究所でも、警備の人間にボディチェックをされる始末だ。

ここでは部外秘の資料も多いということで、記録や検索、通信のできそうな装備はすべて受付で没収された。

湾岸地区にあるかなり広い施設で、シーナも初めて訪れる。

要するに、宇宙時代に入って遭遇した地球人にとっては未知の生物——異星人を含め——の生態について研究しているらしい。

この手の施設は本来大学の付属研究所が多く、生態学的、生理学的、遺伝子学的、心理学的、さらには民俗学的、文化人類学的なアプローチなども行われている。

犯罪捜査局に付属しているここでは、主にエイリアンの種族別行動パターンとか、考え方、認識の仕方、そして固有の能力とかを研究し、それを犯罪対策に活かそうという試みがなされているらしい。

確か、身元が判明せず、引きとり手のないエイリアンの遺体なども、ここに運ばれているはずだ。……解剖されているのかと思うと、ちょっとぞっとしないが。

しかもその成果があるかと聞かれれば、第一線で動いているシーナたちエイリアン専従の刑事たちにはあまり実感がなかった。

どんな凶悪なエイリアンも一発でしとめられる弾丸とか、どんな攻撃からも身を守ることのできるスーパースーツとかを作ってほしいものだ…、と思ってしまう。

……いや、それは部署が違うか。

白髪の交じり始めた白衣の所長が館内を案内し、いろいろな設備やらデータやら成果やらについて熱弁をふるってくれたが、シーナには半分ばかり理解できない。

それでもスケジュール通り、何事もなく順調に視察をこなし、最後のもっともホテルから遠かった支援センターの帰り道だった。

——昨日のアレは、やはり無差別攻撃だったのか……？

眉をよせて考えこんでいたシーナの目に、ふと見覚えのある、懐かしい光景が映った。

「あ……」

と、思わず小さな声がこぼれる。

そういえば、行きは別ルートだったが、帰りの最短距離をナビゲーションに任せると、このエリアを通ることになるのだ。

街角に古びたお稲荷《いなり》さんが残る、古い家並みが軒を連ねている一角だった。

このあたりに人工的な風景はない。周辺はだいぶ変わってしまったが、やはり昔のままだ。

もうしばらく、仕事がいそがしくてきたこともなかったが。

「昔、俺んちの庭にでっかい桜の木があって…、毛虫もいたんですよ。あれがサナギになってきれいな蝶《ちょう》になるなんて、すごい不思議だった」

外の景色を眺めながら、シーナは自然とそんなことを口にしていた。

……いや、こんなことを話してもフェリシアの共感を得るとは思えなかったが。

案の定、フェリシアはリアシートから怪訝《けげん》な眼差しを向けただけだ。

「そういえば、秘書官はお生まれはどちらですか?」

話の接ぎ穂を求めるように、シーナは尋ねた。

「君に告げる必要はないと思うが」

「……そりゃそうですけどね」

冷ややかに言われ、むっつりとシーナはうなった。

もう少し愛想よくなれんもんか、と思う。別に馴れ合わなくてもいいが、世間話につきあうくらい。

妙にちぐはぐな感じだった。あれほど積極的に誘ってくる気持ちがあるのなら、もっと違う態度がとれそうなものだ。

オフとオンをきっちりと分けている、ということであれば、まあ、ある意味、褒められることなのかもしれない。

と、フルオートモードで動いている車は、一定のスピードでだんだんとその場所に差しかかる。

シーナは無意識に息をつめた。じっと窓の外を見つめる。

「停めてくれ」

フェリシアが口を開いたのは、突然だった。

——そう、ちょうどその場所で。

とりあえず車を停め、シーナはふり返った。

「何か？」

どうしてこの場所で…？　と思いながら尋ねたシーナに、フェリシアはスッ…と窓の外を指さした。

「あれは本物の桜だろう？」

夕方の風に花びらを散らせている、一本の桜——。

ああ…、と、短くシーナは息を吐く。

なるほど、それがめずらしかったのか。

「ええ。降りてみますか？」

いくぶんはやるような気持ちを抑えてうながしたシーナに、フェリシアはうなずいた。

フェリシアに桜を観賞するような趣味があったのは意外だが、正直、シーナには予想外にうれしいことだ。

かつてシーナの家があったこの場所は、小さな公園になっていた。

ただ、一本の桜が植えられているだけの。

妙な事件があった場所だ。誰も家を建てたがらなかったし、土地の権利はシーナに残されたが、彼自身、ここで暮らすことはできなかった。

気持ちの上でも、仕事の都合でも、だが。

夕方の風が少し肌寒い。盛りの桜が風に舞っていた。

するりと手を伸ばし、わずかに桜の枝を見上げるようにしてフェリシアがその花びらを手のひらにすくいとる。

きれいな光景だった。知らず息をつめて見つめてしまう。

ひどく儚《はかな》げで…、やはり桜には潔く散るイメージがあるからだろうか。

……ま、殺しても死ななさそうだけどな……。

昨日のムチさばきを思い出し、シーナは指先で頬《ほお》をかいた。そして、ちょっと軽い調子で口を開く。

「昔…、ここ、俺んちだったんですよ」

ふっとフェリシアがこちらに向き直った。

「もっとでっかい桜の木があったんですけど、二十五年前に燃えちゃって。そのあと、知り合いが三年目の苗木を植えてくれたんです。だからコイツは俺と同い年」

ゆっくりと桜に近づいて、シーナは拳《こぶし》でトントン…、と幹をたたいた。
当時は細く頼りなかった木が、そこそこ立派に成長している。
フェリシアが静かにシーナを見つめ返し、そして桜を見上げた。
「大きくなったな…」
ぽつりとつぶやいたのは、桜のことだろうか?
わずかな違和感がシーナの胸の内ににじみ出す。
フェリシアがするりと、シーナに腕を伸ばしてきた。
「こちらに」
うながされ、意味もわからずにとまどいながら、シーナは彼に近づく。
フェリシアの指先が頬に触れた。
その冷たい感触に、ゾクッ…と背筋に震えが走る。
じっと、何か確認するように目をのぞきこまれ、――そして。
唇が近づいてくる。
ハッと、シーナは息を呑《の》んだ。
既視感にくらり、とめまいがする。ドクン…、と心臓が大きく脈打つ。
――危険だ――。

頭の奥に直接、そんな声が響いてくる。子供の、声。三つの時の自分の。

あの時の痛みと熱を、肌で思い出す。

一瞬、何かに吸いこまれていく感覚に全身が襲われる。

目の前が真っ赤に染まった。燃え上がっていく桜の木。

息が、苦しい。

——ダメだ……！

全身にまとわりついてくるものをふり払うように、シーナはものすごい勢いでフェリシアの手首をつかんだ。

瞬間、スッ…、と呼吸が楽になる。

知らず肩をあえがせ、荒い息が唇から吐き出される。びっしょりと背中に汗をかいていた。

……どういう……つもりだ？

シーナは目の前の男をにらみつけた。

フェリシアの表情は変わらなかった。静かにシーナを見つめ返している。

そう、怒っているようでも、からかっているようでも、……欲情しているようでもない。

乾いた唇をそっとなめ、シーナは息を殺すようにして低く言った。

「秘書官は…、夕陽《ゆうひ》を見ると興奮するとか、そういう性癖があるんですか？」

冗談か皮肉のような言葉。しかし、そんなふうに聞こえる口調ではない。

すっぽりと手の中に収まってしまう細いフェリシアの手首を、シーナは握りつぶすほどの力でつかんだままで、ようやくそれに気づいて放す。

赤く、痣《あざ》のように痕《あと》が残っていた。もっとも、フェリシアに痛みを感じている様子はなかったが。

……いったい、この男は……?

シーナはそっと息を吸いこんだ。

どういうつもりなのか。何がしたいのか。

――何者、なのか……?

一瞬だけ視線を落とし、再びまっすぐに顔を上げてフェリシアが口を開く。

「そうだな。あの時も夕陽がまぶしかった。それどころではなかったが」

あの時――?

シーナは大きく目を見開く。心臓が、ぎゅっと握りつぶされるほどに収縮する。

「まさか……」

かすれた、しわがれた声が自分の喉からこぼれ落ちた。

あり得ない。あれから二十五年がたっているのだ。こんなに若いはずはない。

——いや、だが。

桜の木の下で、フェリシアがそっと腕を組む。

「二十五年前、おまえに預けたものを返してもらわなければならない」

淡々と静かな言葉。

しかしそれも、なかばシーナの耳には入っていなかった。

ザッ……！　と吹き抜けた一陣の風が、フェリシアの背中で桜の花びらをいっせいに散らしていく。

まるで大きく広がった羽のように。

夕陽に反射して、髪が透明に弾ける。まっすぐに自分を見つめる瞳が金色に光る。

鳥肌が立つような、美しさと危うさ。

見てはいけない、出会ってはいけない存在——。

鮮やかに目の前に、脳裏によみがえってくる。

夕陽よりも赤く燃え上がった桜の木。

冷たい、熱い、唇の感触。

……そして、あの時、一瞬にして奪われたものの大きさが。

「おまえが……あの時の……！」

シーナはつかみかかるように無意識に腕を伸ばした。

指先がフェリシアの腕に触れた——と思った瞬間、フェリシアの指がスッ…、とシーナの額にあたる。

と、急激に目の前の景色が揺らいだ。

「あ……」

全身の筋肉が抜け落ちたように、身体から力が失われていく。必死にフェリシアの服をつかもうとした指にも力が入らない。

……なん…だ……？

わけもわからないまま、ずるり、とフェリシアの身体からすべり落ちるようにシーナは地面に倒れこむ。

意識を失う寸前、満月のような金色の瞳がじっと見下ろしていた——。


目が覚めた時、落ちてきそうなほど大きな満月が目の前に浮かんでいた。

——夜……？

いつの間に、と思う。

頭の芯《しん》がジン…、と痺《しび》れていた。何もかもがはっきりとしない。

……ここは……どこだ……？

あたりを確認しようとしたが、身体が重くてうまく動かせない。

しん…、と耳に痛いような沈黙が透明な空間に横たわっていた。

人の気配はない。

シーナはやわらかなベッドに寝ていた。しかし自分の部屋ではないはずだ。

マンションの最上階でもなければ、こんな月は見られないだろう。天井いっぱいにスクリーンをはめこむような趣味もない。

……いったい……どうしたんだ……？

ぼんやりと考えた時、ドアの開くかすかな音がして、シーナはなんとか首を動かした。

影になってその姿はよく見えない。

しかし次第に近づいてくるスレンダーな身体が月明かりに照らされ、シーナはその顔を確認した。

フェリシア——だった。

シャワーを浴びたのか、バスローブ姿だ。

そう…、そうだ。

ゆっくりと記憶がもどってくる。

フェリシアと一緒に昔、自分の家があった場所で桜を見ていて……そして。

ハッと、思い出した。

反射的に跳ね起きようとしたが、意志に反して身体はほとんど動かない。まったく力が入らなかった。

「気がついたのか」

フェリシアがつぶやいて、そっとシーナの顔をのぞきこんでくる。

小さな二つの満月——いや、それは金色の瞳だった。

シーナは息を呑んだ。心臓の鼓動が耳に響くほど大きく鳴る。

やはり……フェリシアがあの時の……？

気づいていたのか。初めから知っていたのか。自分のことを？

「どう……して……？」

体中の力を集めるようにして、シーナはようやく言葉を唇にのせる。が、かすれた声しか出なかった。

「しゃべれるのか？　たいした精神力だな」

わずかに目を見開いて、フェリシアが薄く笑う。

どうやら、あの桜のあった場所からフェリシアがここにシーナを運んできたらしい。ホテル、だろうか。

何か……されたのだろう。まともにしゃべれなくなるほどのことを。

だが、状況がまったくわからない。そんな隙《すき》を見せたつもりもなかったのに。

少しばかり刑事としてのプライドが傷つく。こんなにあっさりと手に落ちるとは。

「飲むか？」

優雅な仕草で水差しからグラスに水を注ぎ、フェリシアが軽く持ち上げてみせる。

喉は渇いていた。だが、まともにうなずくことも難しい。

しかしシーナの眼差しだけで察したようで、フェリシアがグラスを手にシーナの枕元に近づいてきた。

飲ませてくれる…、のかと思ったら、フェリシア自らがグラスに口をつける。

そしてスッ…とシーナに顔をよせて、そのまま唇を重ねてきた。

逃げる間も、抵抗する力もない。

そのまま冷たい水が喉を通り抜け、全身に広がってくる。感覚はないはずなのに、なぜか手足の先まで痺れていくような錯覚に襲われた。

唇が離れ、ハァ…、と無意識に深い息がこぼれた。
そして少し気持ちを落ち着けて、じっとフェリシアを見つめる。
自分を――どうするつもりなのか。
殺す、つもりなのだろうか？　そのために近づいてきたのか。
ひょっとすると、二十五年前、殺し損ねたからか……？
だがそれなら、こんな手間をかける必要はないだろう。
目的がわからなかった。
あの時も――今も。
と、ふっと、思い出す。
『二十五年前、おまえに預けたものを返してもらわなければならない』
気を失う前にフェリシアはそんなことを言っていた気がする。
二十五年前――俺に預けたもの……？
だが心当たりなどなかった。
それでも説明はしてもらえるはずだった。あの時、何があったのかを。
その権利が自分にはあるはずだ。
「フェリシア……、おまえは……」

シーナは必死に声を絞り出す。

何者だ――？

が、そう問おうとした目の前で、フェリシアがゆっくりと動いた。ベッドに上がり、シーナの足をまたぐようにして膝をつく。

息をつめるように見つめていたシーナの目を正面から見つめ返し、フェリシアはそっとバスローブの紐《ひも》をほどく。そしてそのまま、肩から脱ぎ落とした。

真っ白な、シミ一つない裸体が月光をまとって蒼白く輝く。息を呑むような美しさだった。

「なに…を……？」

さすがに驚いたし、混乱した。

それなりの経験もあるいい年をした男が、何でこのくらいで、と思うが、カッ…、と、全身が熱を帯びてくる。あせって必死に逃れようとするが、やはり身体を持ち上げることはできない。

フェリシアの腕がするりと伸びてきて、指先が唇に触れた。

チリッと焼けるような熱が身体の芯を走る。

フェリシアはそのまま喉元へと指をすべらせ、ゆっくりと身体の中心をたどっていく。まるで鋭利な刃物のように、そのあとから音もなくブルゾンの下に着こんでいたシャツが裂かれていった。

ひやりとした空気が素肌を刺す。

フェリシアの手はそのままシーナのベルトを外し、ジッパーを引き下ろした。

ただまっすぐな表情で、迷いのない手つきで。

誘惑しているとかからかっているとか、そんな様子ではない。むしろ執刀する医師のような冷静さだった。

だがされている方にしてみれば、どうすればいいのかわからない。

「フェリ…シア……」

かすれた声がこぼれ落ちる。必死にその手を止めようとするが、鉛をつめられたように腕は重く、とても持ち上がらない。

フェリシアの手のひらが素肌に押しあてられ、何か確かめるようにゆっくりと身体の線をたどった。

厚い胸を撫で、乳首が指先で押しつぶされる。ゾクッ…と、得体の知れない疼《うず》きが身体の奥に生まれてくる。

「やめ…ろ……！」

嫌悪、ではない。ただ——。

とって食われそうな恐怖。だがそれと同時に、確かに反応してしまう自分もいる。

「しばらく我慢してくれ」

それに、ちらりと上がった眼差しが淡々と言い、フェリシアは細い指をシーナの中心へからめてきた。

「うっ……」

思わず、喉の奥から押しつぶされたようなうめきがこぼれ落ちる。

――我慢……って……。

そう言ったところをみると、フェリシアの方もこちらの意志に反していることはわかっているのだろう。

まともな抵抗もできないまま、それでもシーナはなんとかこらえようとする。

冷静に考えれば、快感など感じている場合ではなかった。襲われているのは自分なのだし、相手は得体の知れない存在なのだ。

が、フェリシアの指に操られ、もてあそばれるようにして、シーナのモノはあっという間に硬くしなり、情けなく先走りをこぼしてしまう。

フェリシアがそれを指先にすくいとり、さらにこすりつけるようにしてしごいていく。

そして気がつくと、シーナの中心はやわらかく濡《ぬ》れた感触に包まれていた。

「あ…」

反射的に見下ろしたその姿に一瞬、呆然《ぼうぜん》とし、そしてカッ…、と目の前が真っ赤に染まる。

股間《こかん》に顔を埋め、フェリシアが口でシーナのモノをくわえていた。

硬く張りつめた表面を撫でる舌の感触が血を沸き立たせ、淫《みだ》らに濡れた音が密《ひそ》やかな闇に溶ける。

その部分が、ものすごい熱を持って爆発しそうになる。

こんなふうに、自分の意志とは関係なく誰かと身体を交えたことはなかった。襲われる趣味などないし、もちろん自分が主導権を握る方が好きだ。……ムードがない、と責められることは多々、あるにしても。

――クソ…っ！

ひどく情けなく、しかしどんどんと身体は突っ走っていってしまう。

男のモノを口いっぱいに頬張り、奉仕して。しかし欲情とは無縁の、氷のように透明な…きれいな顔で。

一方的にされているのは自分なのに、まるで人が手を触れてはいけない神聖な存在を月の世界から引きずり下ろし、犯しているようで、……さらに高ぶってしまう。

「く…っ」

巧みに指でしごかれ、先端を丹念になめ上げられ、吸い上げられて。たまらずシーナは腰を揺すった。

荒い吐息だけが夜の静寂を淫靡《いんび》に乱す。

限界が近かった。

自分の出したものがフェリシアの口を…、顔を汚すことを想像しただけで、ゾクッと身体の芯に震えが走る。

たぎるような中心の熱が体中に伝わり、一気に膨れ上がる。

身体を縛っていた見えない何かが、瞬間、弾け飛んだ。

自分でもわからないまま、つき動かされるようにフェリシアの髪を引きつかみ、身体を引きよせる。

「シーナ…!?」

驚いたように、フェリシアの目が大きく見開かれた。

しかしかまわずその身体をベッドへ組み伏せ、自分が上からのしかかる。

むさぼるように唇を奪い、強引に足を大きく抱え上げた——その瞬間だった。

パリン…!　と軽い、澄んだ音がどこか遠くで響く。

初め、それが何かわからなかった。気がつかなかった、と言ってもいい。

しかし目の前に、何か透明な滴がパラパラ…、と落ちてきたのに、シーナはハッ…と顔を上げた。

天空から、星が降ってきたのかと思った。あるいは、月光のカケラが。

が、それが割れたガラスだと悟った瞬間、シーナはとっさにフェリシアの身体の上に覆い被《かぶ》さった。

落ちてくる無数のガラス片をまともに背中で受ける。ガラスくらいなら特殊繊維のブルゾンを破ることはないが、さすがに無防備な首の横にザックリ…と鋭利な破片が突き刺さった時には血の気が引いた。

「…つ…っ…！」

わずかに皮膚を切り裂いたようで、鋭い痛みが飛び散るように全身を走る。じわり…、と紅い血がシーツを染めた。

「シーナ！」

腕の中で押さえこんでいたフェリシアが叫んだ。

「バカが…っ！」

そして思いきり身体が押しのけられ、厳しい声で罵《ののし》られて、シーナはちょっと憮然とする。

礼を言え、とは言わないが……もうちょっと言い方を考えてくれてもいいんじゃないか？

と。

フェリシアは全裸なのだ。まともにガラス片の下においておくわけにはいかない。

しかしよく考えてみれば、フェリシアのこんな感情的な表情を見たのは初めてだった。

へぇ…、と思う。吊《つ》り上げたキツイ眼差しも、少しあせった表情も、妙に可愛《かわい》い。

——が、そんな感慨に浸っている時間はないようだった。

割れた天井の窓から、シュッ…！　と風を切る音が続けざまに響いてくる。

不気味な赤い光が月明かりの中に浮かび上がる。そしてその光を連れて、黒い影がすべるように空から降りてきた。

そのどこか見覚えのあるシルエットは……。

「ヌールー…？」

シーナは小さくつぶやいた。昨日、異星人街《エイリアン・タウン》で襲ってきた動物。

が、微妙に違う。

大きさもひとまわり大きいし、色も昨日見たのは黄色だったが、目の前にいるのは灰色っぽいくすんだ色をしている。ただ同じように目が大きく、長いしっぽだったが。

そして、禍々《まがまが》しい真っ赤な目の色——。
二、三匹、という数ではない。

十四か二十四か、たちまち寝室を埋め尽くすように次々と侵入してくる。

ホテルの警備システムか、警報がけたたましく鳴り響き、しかしそれに動じる様子もない。

サッ…とフェリシアが風のように動き、脱ぎ捨ててあったバスローブを肩から羽織ると同時に、青い稲妻のようなものが一閃《いっせん》した。

キィイ――！　と高い声を上げて、ベッドの下の三匹ほどがはじき飛ばされる。

どうやら例のムチのような武器らしい。

シーナも自分の銃を反射的に探すが、いつも身につけているはずの武器はいつの間にか手元にはない。あたりを見まわし、ベッド脇《わき》のサイドテーブルの上にリボルバーを見つけてとっさに手を伸ばす。

が、そのまま体勢を崩し、無様に身体ごとベッドから転げ落ちた。まだ手足が痺れているようで、うまく身体が動かないのだ。

「くそっ」

思い通りにならない身体にいらだち、思わず悪態が口をついて出るが、しかしフェリシアの手際を見ると、特に加勢する必要はないのだろうか…、とも思ってしまう。

一匹も近くへはよせつけず、見事なムチの扱いで敵をなぎ払っていた。

ちょっとおもしろくない気もするが、とりあえずホッ…と息をつく。

――それにしてもコイツらは……？

いや、コイツらをコントロールしている人間がいるとすれば、いったい何の目的で……？

おそらく、その目的が「種」なのだろう。

だがその「種」というのは、いったい何なんだ……？

ぼんやりと考えこんだシーナの目の前で、その異変は急激に起こった――。

※　　　※

ガクン…、と、いきなり身体の中で何かが落ちた。

物理的なものではなく、感覚的に。

額の奥がじん…、と痺れるような、貧血にも似た症状だ。

ハッ…とフェリシアは息を呑む。

馴染んだ感覚ではあった。――が。

まずい…、こんな時に……！

フェリシアにしてみれば、襲われることは予想の範囲だった。昨日、異星人街へ出向いたのも、敵を誘いこみ、おびきよせる意図はあったのだ。

だが今回、考えていたよりずっと、身体のサイクルが早い。……あるいは、それは男の体液を口に入れたからこそ起きた変化だったのかもしれないが。

だが前例がないだけに、そのあとの予測はできなかった。

無意識に空いている左手が胸をつかむ。が、その進行を抑えることは不可能だった。もとより、自分でコントロールできることでもない。

やっかいな…、と心の中で叫んでみるが、何の足しにもならない。

じわり、と身体の奥から何かに浸食されていくような、肌が粟立《あわだ》つような感触。

「……う…っ……」

低くうめいて、フェリシアはいきなり床へ崩れ落ちる。

「フェリシアッ!?」

あせったようなシーナの声が耳に届いた。

が、近づこうと必死に起こした身体は、やはりまだ重いのだろう。立ち上がるだけでよろけている。

それでも引きよせた銃を両手で構え、フェリシアに迫っていた連中の間に、闇雲に一発、撃ち放った。轟音《ごうおん》がとどろく。

が、今の状態ではその反動に耐えきれないようで、シーナはそのままベッドへ倒れこんだ。

たいした男だ…、とフェリシアは内心で感心した。

普通の人間なら、まず動けるはずはないのに。

感覚は、はっきりしているのだろう。研《と》ぎすまされるくらいに。が、身体の自由はまだ利かないはずだ。

シーナの銃は、一瞬、彼らの足を止めるくらいの威嚇にはなっても、それで追い散らすことはできない。

ヌールーたちもフェリシアの異変に気づいたようで、一気に攻撃をかけてきた。滑空して迫ってくるものと、床を跳ねてくるものがいくつも入り乱れる。

フェリシアは床へ片膝をついた状態で、なんとかムチをふり抜いた。

が、自分でもいつものスピードや切れがないのはわかる。身体の動きもどこか鈍く、狙った角度にムチがしならない。

足先、そして指の先からじわじわと強張《こわば》っていくようだった。

――このままでは……。

さすがにあせる。背中に汗がにじんだ。

ハッと目をやると、さっき銃を撃ったことで余計に注意を引いたのだろう。

ヌールーの闇に赤く光る大きめな目がいくつか、シーナに迫っている。

シーナはベッドの上でようやく片肘《ひじ》をついた状態で銃を構えるが、その腕も重そうで、表情にも余裕はない。

とっさにフェリシアはそちらへムチを放とうとするが、それをさえぎるように二、三匹が目の前を交差して飛び交う。

「シーナ！」

叫んだ瞬間だった。

黒い、大きな影がテラス側の窓を破って飛びこんでくる。

一瞬、新手かと背筋に緊張が走った。

が、それは——。

「ラン！」

シーナの声。

もう一人の刑事がシーナに近づいていたヌールーを蹴り飛ばし、もう一匹の背中からうなじに嚙みついて、そのままふり払う。

ホッと息をついた瞬間、焼けるような痛みが右腕に走った。

「あぅ…っ！」

思わず声が上がり、手にしていたムチが力を失った指からするりと落ちる。

ヌールーの吐き出した唾《つば》がまともに右腕に当たり、そのまま布を突き抜けて肌を焼いていた。続けてあと二発、肩と足に当たり、フェリシアは弾かれるように床へ崩れ落ちる。

「フェリシア…！」

それに気づいたのか、シーナが叫んだ。

――このままでは……二人とも連中の手に落ちる……。

フェリシアはきつく唇を噛む。そして必死に顔を上げて、ランディに命じた。

「シーナを連れて逃げろ！」

ちらり、とランディの黒い目がこちらを確認する。

それに軽くうなずくと、ランディは手近にいた数匹を前足でたたき伏せ、シーナのいるベッドへ駆け上がった。

「ラン…、おまえ……どう……し……？　――おい…、……待て…っ！」

シーナが混乱したようにうめくが、かまわずランディは相棒の身体の下に自分の背中を潜《くぐ》らせ、背負うようにしてテラスへ飛び出す。非常用のダクトを使うのだろう。

「フェリシア！」

シーナの声が遠くに響く。

「クソッ！　男に逃げられた！」

と同時に、頭上の割れた窓の外から、あせったような男の声がかすかに聞こえてきた。

「仕方がない。もう一人を……」

おそらく、ヌールーたちを誘導してきた連中だろう。頭から覆われたフェイスマスクに戦闘服の男が二人、するりと降りてきた。背中には小さめのエア・ウィング。

とっさに床に落としたムチに手を伸ばしたフェリシアだが、一瞬早く、彼らの銃から小さな針が放たれる。

鋭い痛みが身体に広がり、フェリシアはそのまま意識を失った——。

※　　　※

ランディがシーナを背負ったまま飛びこんだのは、シーナのマンションだった。

ふぅ…、と息を吐き、リビングのソファにシーナの身体を放り出す。

自分よりも大きく体重も重いシーナを背負ってのあのスピードと跳躍力、バランス感覚は、まったく尊敬するしかない。……もっとも普通の人間の身体には、つきあうには相当の無理があったが。

まともに固定されない不安定な状態でビルの屋上や屋根を伝って跳ばれ、シーナは正直、死ぬかと思った。

ほら、とキッドに入っていた栄養剤のようなものを飲まされると、ようやく少しずつ、身体に力がもどってくる。

腕をまわし、強張った指を何度も折り曲げてもみほぐし、屈伸して足の感覚を確かめる。

ガラスで切った首筋の出血はすでに止まっていた。ブルゾンを一度脱いで、細かなガラスの破片をはたき落とす。

——そして。

「おまえ…、どういうことだ…!?」

ランディの首輪を引っつかんで、その鼻先に噛みつくようにしてシーナはわめいた。

「フェリシアを見捨てるつもりかっ!?」

「それが命令だった。今は俺もフェリシアの指揮下にある」

唾が飛び散るくらい顔の前で怒鳴られて、しかしランディは平然と返してきた。

「それに殺されることはないだろう」

「おまえ…！」

つらっとした顔で言われ、シーナはギリッと歯を食いしばった。

しばらく至近距離からじっとにらみ合う。

大きく肩から息を吐き出して、シーナは突き飛ばすようにランディの首輪を放した。そして腕を組み、じっと相棒をにらみつける。

「……どういうことだ？」

だいたいあんな場面に、ちょうどコイツが飛びこんでくること自体、何かが怪しい。

第一コイツは今、別の仕事についているのではなかったのか。

「今の俺の任務はおまえの身を守ることだ」

前足でこれ見よがしに首のあたりを撫でながら、ランディがさらりと言った。

「何だと…？」

思いがけない言葉に、シーナは目を剝《む》く。

――そんな、刑事である自分が相棒に守られるだと？

「狙われているのはフェリシアじゃない。むしろ、おまえだ」

「どういうことだ!?」

再び無意識に腕が首輪をつかもうと伸びたのを、ランディはひょい、とよけて憎たらしく言った。

「これ以上説明しようもないくらい、明確な事実だと思うが」

わかっているクセに——。

聞きたいのはそういうことではなく、狙われている理由だ——、と怒鳴ろうとして、ハッとシーナも思い出す。

「連中の狙っている『種』…か？　それを俺が持っているということなのか？」

預けたものを返してもらう——、とフェリシアは言っていた。

ということは、やはり自分でも気づかないまま、二十五年前から自分がそれを持っていたということなのだろうか？

だが、二十五年もたった今になってなぜ……？

「その『種』とはいったい何だ？」

あらためてランディに向き直り、シーナは尋ねた。

「それはフェリシアに聞くんだな。俺の口から言えることではない。それにすべてを理解しているわけでもない」

その言葉に、シーナはわずかに眉をよせる。

相棒にも言えないこと、というのは……よほどの機密事項なのか。

「ＢＪは……すべてを了解しているのか？」

「ああ」

ふっと思い出す。

そういえば、フェリシアたちが視察にきた朝、コイツは別に呼び出されていた。あの時に自分の知らないところで話ができていたのだろう。

――シーナを警護する、という。

「ゆうべの泥棒騒ぎもおまえを狙ってきたものだった。張りこんでいた俺が片づけたけどな」

だから今朝の出勤は自分より遅かったのか、とようやくシーナは気づく。自分のガードであれば当然、あとからくるはずだ。

ふーっ、とシーナは大きく息を吐き出した。

気に入らない。全然気に入らなかった。

自分が守られなければならない存在だということにも、そして――。

「では俺の身が安全なら、フェリシアは犠牲になってもかまわないということか？」

が、シーナの殺気立ったその言葉に、ランディはあっさりと答えた。

「そんなわけないだろう」

そして、ちろり、と意味ありげに見上げてくる。

「言っておくが、俺の任務はおまえの身を守ることだ。そしておまえの任務は、フェリシアの身を守ることだろ?」

――つまり、フェリシアの身を守るのはシーナの責任だ、と。

言葉もなく、シーナは相棒をにらみつける。

それを全うできない状況にしたのはこの相棒だが、確かにランディにしても二人をかばいつつ応戦するのはさすがに無理だったのだろう。あのままでは共倒れだった可能性は高い。

「……殺されることはない、と言ったな?」

相棒のすかした顔をうかがいながら、シーナが低く尋ねた。

「ああ。なにせ、超VIPだ。連中がフェリシアをそのまま殺すようなことはない。『種』のことも聞きたいだろうしな」

「連中というのは?」

シーナはとりあえずそれを問いただす。

「それがわかっていれば襲われる前に何とかする。わからないから、おびき出そうとしてるんだろ」

ふん…、とあきれたように言われ、シーナはむっつりとうなった。

つまりフェリシアはわざと昨日、自分の姿を危険な場所でさらした、ということのようだ。

「で？　わかったのか？」

いくぶん挑戦的にそう尋ねたシーナに、ランディの首輪がピッ…、と一度、緑に光る。

何かのスイッチを入れたようだ。ランディの仕事上必要なシステムは首輪に組み込まれているのだが、歯の中のスイッチで操作できるらしい。

「フェリシアの身体には発信器が仕込まれている。相手のところに連れていってくれるだろう。……動いているな」

わずかに遠くを見るような目で、ランディが言った。

データは網膜に直接映写されるようになっているのだ。

「よし…！　いくぞ」

スッと立ち上がったシーナを見上げて、ランディが顔をしかめた。

「かまわないが、……とりあえず着替えた方がいいと思うぞ？　その格好では変質者だ」

「ん…？」

言われて、ようやく気づく。

シーナは上半身、ザックリとシャツの破れた状態で、ズボンも前が開きっぱなしだったのだ。

……憎たらしいが、相棒の忠告は適切だった。

◇

◇

たどり着いたのは、昼間にシーナがフェリシアとともに視察に訪れた湾岸地区にある研究施設だった。

一時間後——。

「ここか…？」

連邦犯罪捜査局付属の宇宙生物学研究所——だ。

いぶかしげに尋ねたシーナに、ランディがうなずく。

「ああ。この位置で信号は途切れた」

「途切れた？」

が、シーナは思わず聞き返した。声がわずかに緊張する。

それはつまり……生体反応がなくなった、ということではないのかと。

その意味を察したようで、ランディが首をふる。

「そうじゃない。この施設自体にシールドがかかっているんだろう。……多分な」

「多分かい…」

頼りない言葉に、腕を組みながらシーナはうめいた。

「地球外生物なんかも多いだろうからな。それなりの警備システムはもともと認められているはずだ」

そう言って、ランディがちろっとシーナの顔を見上げた。

「どうする？」

「どうするかな…」

シーナも眉をよせてため息をついた。

この施設には立ち入りに許可がいる。犯罪捜査局長の、だ。そこに属する捜査官たちにとっても同様だった。

問答無用で入れるのは……葵《あおい》の御紋のごとき司法のバッジを持つ司法判事くらいだ。

だが、そんなお役所仕事的な許可をとっている余裕はない。

「勝手に入るしかないか」

懲罰ものだろうが…、仕方がない。

この中にフェリシアがいることが確実なのであれば、その身を守ることがシーナの任務なのだ。

「……ということは、ここの研究員が関わっているということか？」

難しく眉をよせて、シーナはうなった。

「それか研究所ぐるみか、だな」

シーナが遠慮したことを、ランディがあっさりと言い切った。

シーナは短くため息をつく。

それにしても、どこから入るか、が、問題だった。

まず、状況がわからない。ランディが言うように、研究所全体がからんでいるのか、あるいはどこかのセクションだけなのか。特定の人間だけなのか。

それによって攻め方が変わってくるが…、しかし、選択肢は多くなかった。

一人と一匹ではとうてい強行突破するような戦力ではない。そして今の自分たちには、セキュリティをごまかせるような技術も装備もない。

……とすると、方法は一つしかなかった。

「いくか」

一言言って、シーナは軽く首をまわした。

ふん、と鼻を鳴らすようにしてランディがうなずく。

シーナは研究所の玄関に無造作に立った。

——正面からいく。

もしこのあたりの末端の人間が関わっていれば、シーナが身分を明らかにして協力を求めればロビーくらいには入れるだろう。

そしてもし、研究所全体で何かの陰謀に関わっているのであれば……そう、シーナが「種」を持っているのだ。自分ではそれが何だかわからなかったが。

彼らにとってみれば、飛んで火に入る夏の虫——というところだ。喜んで招き入れてくれるはずだ。

セキュリティ・ゲートの前で、客を関知してふっと明かりがともる。赤いカーテンのようなものが、ふわりと目の前に漂った。

『IDナンバーと網膜コードを。もしくは許可証をご提示ください』

パスを要求してきた自動応答の声に、シーナは捜査局のIDバッジを横の認証システムに押しあてる。

バッジには基本的なプロフィールが登録されていて、その登録内容と、それを持っている人間とが自動的に照合されるのだ。

『しばらくお待ちください』

同じ声が無感情に答えたあと、ほどなく男の肉声が聞こえてくる。

『椎名《しいな》捜査官。こんな時間に何かご用でしょうか？』

登録されているスタッフや正式な許可証があれば、そのままゲートは抜けられるのだろう。が、それ以外の特殊な客だったためか、警備室の人間が対応に出たらしい。

すでに夜の十時をまわっている。職務上にでも、訪れる時間ではないだろう。

夜間の警備員だろうか、さすがに怪訝《けげん》そうな口調だった。

ただ、ヘンな緊張感は感じられない。

このあたりの人間は無関係かな…、と内心で思い、ちらり、と横のランディと視線を合わせる。

「すみません、今日の昼間、こちらに視察にきたフェリシア・ラム司法秘書官の代理できたのですが…、実は秘書官が忘れ物をされたということでとりにうかがったのですが」

丁寧な口調で、シーナは口からでまかせを言ってみる。

『お忘れ物ですか？　――ああ、椎名捜査官も同行されていたんですね』

来訪者リストに名前が残っていたのだろう。

少々お待ちください、という声が返って、まもなく赤かったゲートの色が緑色に変わった。

『お入りください』

どうも、と軽く言って、ランディにうなずき、一緒に建物の中に入る。

国家的最高機密に関わるような軍の施設や、直接の政府機関の建物というわけでもないので、セキュリティとしてはこの程度だろう。

……少なくとも、表向きは。

薄暗い中、足下に順路のように明かりがともされる。

「お疲れさまです」

と、いき着いたロビーで先ほどの声の主が待っていた。

警備員のようだが、人のよさそうな顔で、やはりフェリシアの拉致《らち》に関わっているような雰囲気ではない。

ランディを見て、ちょっと怪訝そうな顔をする。

「同僚のルーティ捜査官です」

とりあえず身分を保証すると、はぁ…、とうなずいた。

異星人の刑事がやはりめずらしいのだろう。こんなところに勤めていると、しょっちゅう異星人には出会ってそうなものだが。

それでも気をとり直したように、警備員が尋ねてきた。

「お忘れ物ということですが、どこの部屋かわかりますか？　特にそれらしいものは上がってきてないようですが」

親切に対応されて、だましているのがちょっと申し訳ない気分になる。

「いや、それが…、秘書官も気がつかないうちに落としたらしくて。実は…、その、ここだけの話にしていただけますか？」

わざと秘密めかして言った言葉に、男もわずかに身を乗り出してうなずく。

「司法庁のＩＤバッジを落としたようなんですよ。でもそんなことがバレると、さすがに体面がよくありませんからね。できればこっそりと回収したいということで」

ハハハ…、とシーナが笑って言うと、へえ…、とおもしろそうに警備員が目を丸くした。

「司法秘書官といっても人間なんですねえ…」

感心したようにつぶやく。やはり彼らにとっても、司法庁のスタッフというのは同じ地球人であっても、本当に雲の上の存在なのだ。

「施設内の案内図がありますか？」

さりげなく尋ねると、こちらにどうぞ、と警備員室だろうか、案内された。

そこのモニターに、研究所内の地図が映し出される。

「昼間はどのへんを視察されたんでしょうな？」

昼にきた時の警備員とはシフトが変わっていたのだろう。

「そうですね…」

　生返事をしながら、シーナは鋭く全体をチェックした。

「所長に案内してもらったんですが、……いや、俺はあんまりこういう場所はわからなくて。秘書官は熱心にあっちこっち見ていたようですが」

　苦笑いをしてみせたシーナに、私もですよ、と警備員が肩をすくめる。

　フェリシアを拉致してきたのなら、シーナたちの通った正面玄関から入るはずはない。他にも出入り口があるはずだ。

　研究所内はいくつかの建物に分かれており、それぞれが渡り廊下でつながっている形だった。が、その中で一つだけ独立している一番奥の建物――。

　海に近いポイントで、屋上にはヘリポートもあるようだ。あのヌールーたちがここから送り出されているのなら、人目につかずに移動するには一番よさそうだった。

「この建物は何の研究がされているんでしたっけ?」

　そこを指さして、何気なくシーナは尋ねた。

　そういえば、昼間はこの建物はスルーされていた気がするが。

　他の建物は内部の説明もそこそこおおざっぱな表示があったが、この建物だけは真っ白で何に使われているのかわからない。

ああ…、とうなずいて、警備員は眉をよせる。

「そこは所長の直接の管理でしてね。資料センターということですが、地下には地球外の保護観察動物も飼育しているらしくて、警備システムが別なんですよ」

ここか…、と、シーナは小さくランディにうなずいた。

「もしそちらでしたら、所長の許可をとらないとちょっと入れないですねえ…。今日はまだ確か、館内にいらっしゃると思いますよ」

難しい顔でそう言った警備員に、シーナはほがらかにうなずいた。

「いや、それには及びませんよ」

そして次の瞬間――。

吸いこまれるようにシーナの拳《こぶし》が男の鳩尾《みずおち》に入る。声もなく、男の身体が崩れ落ちてシーナの腕に抱えられた。

申し訳ないが、事情を説明して理解を求めているヒマはない。

その身体を椅子《いす》にすわらせて、シーナたちはそっと警備室を出た。

さっきの案内図で見た最短ルート――中庭を突っ切って奥の建物へと向かう。海に近いだけあって、潮風が鼻をくすぐった。

いくつかの窓に明かりがともっているその資料センターは、それだけでも結構大きな建物だった。地下もあるようだが、地上は五階くらいだろうか。

「警備システムが別だと言ってたな…」

それを見上げて、シーナはつぶやく。

どこから入ったらいいものか……。

さすがにここは、ごまかして正面突破も無理そうだ。さっきの警備員もそのうち意識をとりもどすだろうし、仲間の警備員が気づくかもしれない。グズグズしているヒマはないのだが。

『……シーナ……』

と、ふいに細い声が耳に届いた。

いや、耳に——というよりは、頭の中に。

「呼んだか?」

怪訝にシーナは横の相棒を見下ろす。

「いや?」

それにランディが首をかしげる。

それはそうだ。こんなところでオフモードでしゃべる必要はない。

——が、確かに。

『シーナ…、上……だ……。上から……』

反射的に、シーナは耳に手をやる。

幻聴ではない。確かに、頭の中に直接響いてくる。

「聞こえたか?」

もう一度ランディに尋ねるが、彼は首をふった。

「どうした?」

「フェリシアの声がする」

状況がわからないまま、シーナは低く言った。

そう…、これはフェリシアの声だ。

「……なるほど」

が、何かわかっているのか、ランディはさほど驚いたようでもなく、軽く首をふった。

「上から入れるらしい」

そう言ったシーナに、ランディがうなずいた。

「そうだな。ヘリポートがあるんなら、上からも中へ入れるはずだ」

そしてその言葉が終わらないうちに、ランディはいきなり走り出した。

わずかな助走からあっという間にトップスピードにもっていき、夜の闇の中でその黒い身体はほとんど影にしか見えない。

ランディはそのまま、建物の壁を一気に垂直に駆け上がった。

まったく、足の裏は肉球ではなく吸盤がついてるんじゃないのか、と思うくらいだ。

そしてシーナは屋上から下ろされたワイヤーで引き上げられる。ランディの首輪にはそんな小道具も仕込まれているのだ。

「体重落とせよ。贅肉《ぜいにく》がついてんじゃないのか」

小型のウインチがついているのでそんなに重くはないはずだが、ランディがわざとらしく首をまわしてみせる。

「俺は理想のプロポーションなの。カタログに載せられるくらいなの」

うなるように言い返しながら、シーナは目についたドアへと近づいた。

一応電子ロックになっていたが、レーザーナイフで破壊する。

一瞬、警備システムが作動するかと身構えたが、警報が鳴るようなことはなかった。やはり、上からの侵入には無防備なのか。

用心深く銃を構えて、建物の中へ足を踏み入れる。薄暗い階段を足音を立てないように下りていく。

廊下に立ってから、さらに下にいくか、この階をチェックするかで迷った。夜目の利くランディが、わずかに身体を緊張させてあたりを見まわしている。

「フェリシア…！　生きているのか？」

口に出さなくてもいいのかもしれないが、シーナは小声で尋ねた。

『……あたり……まえだ……』

わずかなタイムラグをおいて返ってきた反応に、シーナはホッとした。

が、その声はかすれてひどく弱々しい。胸騒ぎがする。

「どこにいる？」

『地下…の……。……いや…、待て……』

そう言うと、フェリシアの声はぷつりと途絶えた。いや、声、というより、息づかいが消えた感じだった。

「フェリシア…！　——くそ…っ」

シーナは必死に呼びかけるが、応えはない。

「地下だ」

それでも短く言うと、ランディがうなずいた。パタパタ…、と軽い足音で階段を駆け下りていく。

それにしても建物の中は不気味なほど静かで、まったく人の気配がない。

警備システム、と言っていたが、警備員はいないんだろうか…？

地下は二階分の表示があり、とりあえず一階を端からチェックしていく。が、どこも資料室のような部屋ばかりだ。

もう一階下りると、そこは檻《おり》のようなものに入れられている動物が何種類もいた。

透明なガラスに仕切られて、防音になっているのかその声も聞こえないのが余計に不気味だった。しかもどの動物も生気がなく、ぐったりとして、しかし目つきだけが異様に鋭い。

保護観察——と言っていたが、まるで実験動物のようで気分が悪い。

中には、昨日も今日もお目にかかったヌールーもいて、シーナはちょっと眉をよせた。

もっともここにいるのはずいぶんと小さくて、ひょっとしたらこれが本来の姿なのかもしれないが。

「いないな…」

ポツリとランディがつぶやいた。

一通り捜してみたが、フェリシアの気配はない。

「そんなはずはない」

押し殺した声でうめいて、シーナは唇を噛《か》んだ。

——どこにいるんだ……?

あせりが全身に渦巻いた時、ふっとそれが目についた。

廊下の奥の壁にかかっている、一枚の絵画――。

それ自体、特に変哲なものではなかったが、しかしこんなところに絵がかけられていること自体、違和感を覚える。

シーナは前に立って、その絵をのぞきこんだ。そしてわずかに目をすがめる。

シェルフィードの姿を描いたものだった。

神殿のような建物をバックに、男性とも女性ともつかない優美な姿で微笑《ほほえ》むシェルフィードが、両手を大きく広げて色とりどりの花びらを天空へ向けて散らしている。そして風に泳いだ花びらは端の方から蝶《ちょう》に変わって美しい羽を広げ、青い空に舞っていた。

「指紋認証か…。ちゃちいな」

いつの間にか横にきていたランディが不敵に笑う。

うなずいて、シーナはポケットからとり出したバイザーを装着した。

それを通して見た絵の中に、ちょうど左手の指がおける間隔で五つの花びらの部分だけ、色が変わっている。

数秒でそれを解析し、組み替え、シーナはその上に自分の指をおいた。

カチッ…、とロックの外れるような音がして、ゆっくりと壁がスライドする。

そしてその奥に、別の階段が現れた。さらにもう一階、地下があるらしい。

おたがいに視線で確認して、ゆっくりと下りていく。

そこにも長い廊下が延びており、シーナはとりあえずその一番手前のドアを開けた。

瞬間、うっ、と喉《のど》で声が押しつぶされる。

広めの檻に、あの動物たちが何十匹も無造作に押しこめられていた。

——ヌールー、だ。

上にいたものよりふたまわり以上大きい、さっきシーナたちを襲ってきたヤツらだった。

開いたドアからもれた明かりに、いっせいに赤い目がこちらを向く。シーナは反射的にドアを閉じた。

胃のむかつくような感覚を覚えながら、その隣のドアを用心深く開く。

薄明かりの中に、がらんと何もない部屋が広がっていた。ただ中央に大きな台のようなものがあるだけだ。

——と。

「フェリシア……！」

思わず声が出る。

その白い台の上に、フェリシアが横たえられていた。ホテルからそのまま連れてこられたのだろう、裸体にバスローブだけを身につけている。

だがその声にも反応はなかった。

シーナは夢中で飛びこみ、しかしフェリシアの腕に触れた瞬間、心臓が凍りついた。

肌に……温度が感じられなかった。

まさか…、と背筋に冷たいものが走る。

おそるおそる白い首筋にそっと指を押しあてるが、……脈は打っていなかった。その薄い唇も呼吸はしていない。

一瞬、頭の中が真っ白になった。

「そんな……」

信じられない。

足下から何かが崩れそうになる。

「──シーナ!」

と、ランディのめずらしく切迫した声が鼓膜を打つ。

ハッとふり返ったシーナは、目の前の光景にさすがに全身の筋肉が収縮した。

ただの警備員ではないのだろう。フェイスマスクで顔を覆い、マシンガン型の小銃を構えた男たちに取り囲まれていた。

手にした銃を上げることもできない。

いつから見張られていたのだろうか。最初からか、あるいはこの建物へ侵入した時からか。

……やはり、「夏の虫」だったらしい。

そしてその真ん中にいたのは――。

「待っていたよ」

「あんた……」

見覚えのある白衣の男は、研究所の所長だった。昼間、フェリシアたちを案内していた。

「あんた…、フェリシアをどうした!?」

思わず、シーナは叫んだ。

「心臓が止まったようだな」

ゆったりと後ろで腕を組み、肩をすくめてあっさりと言われて、カッ…、と怒りが脳天に突き上げる。

「君はこの男とセックスしたんじゃないのかね?」

が、うかがうような眼差しで尋ねてきた所長の言葉に、一瞬踏み出しかけたシーナの足が止まった。

「何……?」

おそろしく真剣な顔で聞かれ、さすがにシーナは口ごもる。

どうしてこの男がそんな他人《ひと》のプライベートに興味を持つのかわからない。こんな状況で、単なるスケベオヤジの興味本位ではないだろう。

ほうけた顔のシーナに、やれやれ…、というように所長がため息をつく。

「どうにも困ったな。最近の捜査官は素行が悪すぎるようだ」

誰に向かって言った言葉なのか——。

それに答えた声は、銃を構えたままの男たちの後ろから聞こえてきた。

「面目ないな。私も末端までは目が届かなくてね」

そして銃を持った男たちの間からゆっくりと現れたのは——。

さすがにシーナも目を見張った。

「局長……!?」

シーナたちの所属する犯罪捜査局の——そのトップにいる男の姿だった。

矢《や》ケ崎《がさき》犯罪捜査局長。

シーナたちも訓辞や何やらで顔はよく見るが、実際に対面したことはほとんどない。

「どうしてあなたが……?」

呆然《ぼうぜん》とシーナはつぶやいた。

「椎名捜査官…、だったか？　まさか自分の部下の中に『種』を持った人間がいたとはね」

五十過ぎの紳士然とした男が、穏和な笑みを浮かべて所長の横に並ぶ。

「種」――。

そう、それがすべての原因のようだが。

「その『種』というのは何だ……？」

じっと男をにらんだまま、シーナは低く尋ねた。

「ほう？　君自身は価値を知らんのか？　自覚症状はないのかな」

いくぶんおもしろそうに局長が首をかしげる。

「まさに『種』だよ。シェルフィードのね。それにはシェルフィードの生態についてのすべての情報がつまっている。わかるかね？　その意味が」

満面の笑みで問われて、しかしシーナにはまったくわからなかった。

どこに、そしてなぜ、それを自分が持っているのか。シェルフィードの生態がわかったとして、それがどうだというのか。

――と、その時だった。

ピクッ…、とランディの耳が動いたのが視界の端にかかる。そして。

〈シーナ、俺が動いたら後ろに跳べ〉

オフモードでのランディの指示。

それだけではとっさに何をすればいいのかわからなかったが、言葉と一緒にイメージが脳裏を走っていく。

「俺にわかるのは…、あんたが薄汚いネズミだったたってことだけだな」

シーナがそう吐き捨てるのと同時だった。

「なんだと…！」

犯罪捜査局トップに君臨する男の、仮面がはがれ落ちたような憎々しげな形相。

「シーナ！」

ランディの声が空気を裂く。

彼は真横へ跳び、壁を垂直に走って手近の警備員に襲いかかった。

そして反射的に、シーナの身体はさっき頭の中に描かれたイメージをなぞるように動いていた。

一歩足を引いて片腕でバック転をすると、その反動からフェリシアの寝かされている台を飛び越える。その台を楯《たて》に自分の身を潜める間際、腕を伸ばしてフェリシアの身体を引きずり下ろした。

どさり、と、力なくフェリシアの身体が落ちてくる。それはランディの送ったイメージにはなかったが、ほとんど無意識の動作だった。

間髪入れず、ものすごい勢いでマシンガンが撃ちこまれた。

頭上で台の縁が吹っ飛び、鼻先で削りとられて白い破片が靄《もや》のように降り注ぐ。

シーナは腕の中にフェリシアの身体をかばったまま、じっと身を伏せた。冷たく、皮膚も硬く、体温もすでになかったが。だが遺体とはいえ、フェリシアの身体を穴だらけにする気にはなれない。

「ぐぉ…！」

と何人かのうめき声が届き、どうやらランディが数人、警備の男を蹴《け》り倒していったん部屋の外へ逃れたらしい。

「逃がすな！」

殺気だった命令が飛び、バタバタと何人かが追いかけていく足音がする。

「おい…！　あいつを殺してもいいのか!?」

その中で、あせったような局長の声が響いた。

あいつ、というのは自分のことだろう。

どうやら俺はＶＩＰ待遇らしいな…、と、シーナはほくそ笑んだ。ということは、殺される心配はないようだ。

が、その楽観的な見通しも一瞬だった。

「即死でなければいい。意識がなくても身体の細胞だけ生きていればな。むしろ逃げる心配もないし、『種』をとり出すにも解剖が楽だ」

薄笑いで答えた所長の声に、たらり、と冷や汗がにじむ。

「やーべぇ…」

ランディが自分をおいて逃げたとは思えないが、……しかし。

「出てこい…！」

カツン…、と近づいてくる靴音に、シーナはフェリシアの身体を膝《ひざ》に乗せたまま、べったりと背中をつけて床へ寝転がった。

そのまま台の横から腕を伸ばし、視界に入った警備の男の肩を二人立て続けに撃ち抜く。

そして別の男の銃がシーナの顔のあたりをハチの巣にする前に、腹筋の要領で身体を起こし、再び台の後ろに身体を隠した。

再び土砂降りのような発射音が耳をつんざく。

ふぅ…、と息を吐き、そしてその音にも膝の上で目を閉じたままピクリとも動かない顔に、シーナはそっと指先を触れた。

——本当に……死んだのか？

心の中で呼びかけてみる。

実感がない。まだ聞かなければならないことはたくさんあるのに。

「いつまでもそんなところに隠れていられると思っているわけじゃないだろうな！」

あざけるように聞こえた局長の声に、シーナは短く舌を弾いた。

その通りだ。この状況では先は見えている。逃げ場はないのだ。

「銃を捨てて出てこい。そうすれば命だけは助けてやる。そうでなくとも、おまえは不法侵入者なんだぞっ」

確かに、この場で射殺されても連中に言い訳はいくらでもつくだろう。

「五つ数える間に手を挙げて立て」

憎たらしく言い放った男がカウントを始める。

「5…、4…、3…、2……」

――ラン…！　クソ犬…っ、どこだ…!?

思わず心の中で罵《ののし》る。

「1」

局長が最後のコールをする。

「どうする、椎名捜査官？」

獲物をいたぶるような、楽しげな声。

が、選択の余地はなかった。とりあえず、ここは従うしかない。

大きく息を吐き出して、シーナは台の上に片腕を上げた。銃を持った手を。

「よし、投げろ」

その指示に、シーナは手首を利かせて銃を彼らに向かって投げる。

「そのまま後ろを向いて立て」

フェリシアの身体をそっと足下に横たえ、シーナはゆっくりと立ち上がった。

カチャッ…、と油断なく小銃を構え直す軽い音。いくつも定められている照準が、痛いように背中に当たっている。

さすがに肩の筋肉が強張《こわば》った。

「さて。必要ない頭は吹っ飛ばしておくかな」

にやり、と笑うように言った局長の言葉に、シーナはカッ…、と全身が怒りに熱くなる。

「きさま…!」

背後で男が自分に銃を向ける気配がした。

「ネズミはきさまだ。高級な実験用のマウスにしてやる」

どうやら、さっきシーナの言った言葉がお気に召さなかったらしい。

チリチリと首筋のあたりで毛が逆立つ。

自分が死ぬにしても、それを自分の目できちんと見すえられないのは嫌だった。

「残念だな。優秀な部下を失うのは」

皮肉めいた声。

――そして。

一瞬、息を吸いこみ、目を閉じたシーナだったが、一秒、二秒がたち、しかし予想した痛みや衝撃はなかった。

ヒッ…、と誰かが喉をつまらせた声を上げ、張りつめたような、異質な沈黙が室内に落ちる。

何だ…？

喉が渇くような感覚を覚えながら、おそるおそるシーナは首をまわした。すると。

「判事……？」

思いがけない姿に、大きく目を見張る。

局長の頭に、手の中に収まるくらいの小さな、装飾的な銃を突きつけたマリオン・クラインが静かに立っていた。ガウンは身につけていなかったが、やはり漆黒の法衣をまとった姿で。

シーナに銃を向けたままの局長の手が、ぶるぶると震えている。

「は…判事…！　なぜ……？　休暇中では……」

青ざめた、引きつった表情で、局長がうめく。

「京都《きょうと》で楽しんでいるのは私のダミーだよ。残念ながらね」

冷酷な眼差しに薄笑みを浮かべて、クラインが言った。

「君のことは一年ほど前から汚職容疑でも調査対象に上がっていた。今まで確証がなかったんだがね」

「くそ…っ」

低くうめいて、横でじりっと何かに押されるようにあとずさった所長に、クラインがスッと顔を向ける。

「君たちは手を出してはならないものに手を出した」

静かな、しかし、ゾクリ…、と身体の芯《しん》から冷えるような厳しい声だった。

「神の領域にね」

「くそ…っ！」

破れかぶれに叫んだ所長が、壁の何かのスイッチに手を伸ばしたのがシーナの目に入る。

――まずい…！

と、直感した。

隣の部屋には――あの動物たちがいる。

だが、クラインの目もそれをとらえていたのだろう。手にしていた銃口が、一瞬に所長の方へ向けられる。

次の瞬間――。

ゴォン……！ と轟音《ごうおん》が室内に響き渡った。

判事の持つ小型の拳銃《けんじゅう》――だけではあり得ない、大きな発射音。

落ちていた自分の銃に飛びついたシーナも、床に転がったまま、ほとんど同時に引き金を引いていた。

が、彼が撃ったのは、局長の方だ。

クラインの手が離れた一瞬に、局長の銃を握った右手が上がったのが、視界の端に入っていた。

「……ぐ…あ……」

地を這《は》うような低いうめき声が二カ所からこぼれ、相次いで重い身体が床へと崩れ落ちる。

わずかに顎《あご》を引き、クラインが床に伏せって銃を構えたままのシーナを見下ろした。形のよい唇が薄く笑みを作る。

礼を言うわけではなく、感心したようでもなく、ただ、ほぅ…？ というように。

あえて言えば、思ったより使えるのか、というくらいだろうか。

……何となく、気に入らない感じだ。

シーナにはとっさの判断だったが、この男なら別にシーナが動かなくともどうにかしたのだろう。

恩を売ったつもりはないが…、シーナもむっつりと男をにらみ上げる。

何も言わないまま、クラインは無造作に銃をポケットにしまった。

「この件は事故で処理をする。……D.T.の犯罪捜査局長が犯罪に手を染めていたということが公表されると、それだけでも社会不安を招くだろうからな」

当然、捜査局への不信感も大きくなるわけだ。

淡々と告げられた言葉に、シーナもようやく身体を起こしながら大きく息を吐き出した。

残っていた警備員たちもすでに戦闘の意志が見えないのは…、やはり高等判事の存在、それ自体による無言の圧力だろう。

抵抗すれば、その場で「審判」が下る。それがわかっているから。

ランディがテクテクと暢気《のんき》に帰ってくる。どうやらコード9からきた応援を案内してきたらしい。彼らはテキパキと残った警備員たちの武装を解除していく。

――いや、もしかすると、判事もランディが誘導したのかもしれないが。

近くにいることを察したのか、あるいは……ずっと連絡をとっていたのか。

そんなことを考えていると、判事が近づいてきた。

「フェリシアは？」

厳しい声で聞かれ、シーナはぎゅっと拳を握りしめた。

「……申し訳ありません」

思わず顔を伏せ、震える声を絞り出す。

そうだ。フェリシアの身に関しては、自分の責任でしかなかった。

後ろの台をシーナが目線で示すと、クラインは足早にまわりこんでフェリシアの遺体の横に膝をつく。

手のひらを頬《ほお》に、胸に押しあてた。

その蒼白《あおじろ》い顔を見ると、胃がねじ切れそうな気がする。自分の無力さに腹が立つほどだ。

「蘇生《そせい》……できないんですか？」

一抹《いちまつ》の希望にすがるように、後ろからシーナは言葉を押し出す。

ふっとふり返って、クラインがまっすぐに尋ねてきた。

「フェリシアと寝たのか？」

「え…？」

その問いに、思わずシーナは口ごもる。正直、混乱した。

こんな状況で、もちろん冷やかされているとか、からかわれているとかいうような口調でもないが――しかし、どうして誰も彼もが自分の性生活に興味を持つんだ…？

「その…、寝た、いうのが、どこまでかによりますが……」

かなり微妙な問題で、やはり答えにくい。

シーナが口の中でもごもご言っているうちに、クラインはフェリシアの身体を抱き上げた。

そしてそのまま、足早に歩き出す。

「羽化か…？　……いや、これは……」

独《ひと》り言《ごと》のようにつぶやくのを聞きとがめ、シーナはあわててあとを追った。

「どういうことです？」

羽化ってなんだ？　と思うが、シーナのその問いには答えず、フェリシアを抱えたまま、クラインはまっすぐにエレベータへと向かう。

シーナがその後ろから、さらにその後ろからランディがついてきている。エレベータのドアが閉まる寸前、ランディが長い身体をすべりこませた。

「フェリシアは……人間じゃないんですね？」

エレベータが動き出してから、シーナは息をつめるようにして尋ねた。

――いや、確認した。

スッ…と、茶色の眼差しがシーナに向き直る。

「フェリシアは私と同じシェルフィードだ。そして同じく、司法庁の高等判事でもある」

シーナは思わず、目を閉じた。ぎゅっと両方の拳を握りしめる。

フラッシュバックのように、まぶたの裏にその光景を思い出した。

舞い散る桜の花びら。夕陽《ゆうひ》に輝くプラチナの髪。金色の瞳。

背中に大きく羽を広げたきれいなエイリアン……。

そう。そうだ。

記憶の底に埋もれていた光景が、はっきりと目の前によみがえってくる。

二十五年前——三つの時の自分が出会ったのは、フェリシアだ——。

◇　　　◇

それから三日、シーナはただ悶々《もんもん》と時間を過ごした。

あのあと、フェリシアの遺体を連れたままクラインはヘリでどこかへ移動し、シーナにはまったく情報が入らなかったのだ。

ＢＪには何度もつめよってみたが、時期がくれば連絡がある、と言われるだけで、何一つ、シーナの疑問は解決していない。

そのＢＪからメモが渡されたのは、三日後の夕方、シーナがフラストレーションのたまりまくった物騒な顔つきで退庁しようとした時だった。

「この場所へいけ」

と、住所だけを示される。

「わお。桜トーレか…。超高級マンションだな」

後ろからのぞきこんだランディがおもしろそうな声を上げた。

核都心《コア・シティ》と住宅エリアのちょうど境あたりにある高級住宅マンション群の中でも、ひときわ高さを誇るレジデンスタワーだ。そのかなり上の方。

「フェリシアが……いるんですか？」

息をつめるように尋ねたシーナに、いけばわかる、とだけ、ＢＪは答えた。

相変わらず無駄のなさすぎる受け答えだ。

その足で指定された場所へ向かったシーナに、ランディもついてくる。

「何でおまえが……」

むっつりとうなったシーナに、「問題はない」とランディは受け流す。

何がどう問題がないのかわからないが、いってみて玄関先で追い返されるのなら、それはランディの問題だ。

エントランスから高級感漂うマンションで、ごく普通の格好だったが、明らかにシーナたちは異質だった。

じろじろとコンシェルジュにうさんくさい目を向けられながらも、訪問先の確認をとって中へ入る許可を得る。

専用のエレベータに階数表示はなく、住人側から誘導されてエレベータが動き出す。そしてドアが開いて降りたところがすでに住居の中で、絨毯《じゅうたん》の敷きつめられた応接室になっていた。

が、その部屋には誰もおらず、三つあったドアのうち、開いていた一つに勝手に入っていく。

そこにマリオン・クラインの姿があった。どうやらリビングのようだ。

めずらしくラフな私服で、いくぶん印象が違う。立ったままソーサーつきのコーヒーカップを手にしている姿は、さすがに優雅だったが。

入ってきた一人と一匹の姿にあわてた様子も見せず、ただうなずく。

「フェリシアは？」

目が合った瞬間、挨拶《あいさつ》もなくシーナは尋ねた。

が、それにクラインが軽く手を挙げる。

「その前に、君にはいろいろと聞きたいこともあるんだろう?」

「フェリシアにな」

腕を組み、じっと男をにらむようにして言ったシーナに、クラインは苦笑した。

「答えられることは同じだ」

ランディが遠慮もなく勝手に大きなソファへ飛び乗り、くつろぐようにして足を伸ばしている。何も言わなかったところを見ると、ランディがいることは問題ではないらしい。

少し考えてから、シーナは妥協した。

確かにいろいろと聞きたいことはある。が、何よりも——。

「『種』とは何だ?」

それにクラインが、ふむ、とつぶやいて、手にしていたソーサーを近くのテーブルにおいた。

「生命の源、と言うべきものかな。我々、シェルフィードの生命の『種』だ」

生命の「種」——というと。

「……精子?」

「似てはいる。が、少し違うな」

わずかに眉をよせて聞き返したシーナに、クラインはそう答えてから少し考えるように間をとった。

「シェルフィードは繁殖能力が低く、現在の個体数も非常に少ない。そのため、生命の誕生はすべて政府が管理している」

シーナはただうなずいた。それはフェリシアにも聞いたことがある。

「『種』と呼ばれているのは生殖細胞だが、それ単体で完全なものだ。それから一人のシェルフィードが生まれる。つまり、その中にはシェルフィードに関するすべての情報が集約されている。我々にとっては国家財産で、国家機密だ」

話がかなり大きくなって、さすがにシーナも黙って耳を傾けた。

「その『種』が一つ、二十五年前に盗まれた。我が星に滞在していた地球の研究者の関与が疑われたが…、その男も殺されたのではっきりとはわからない。フェリシアは二十五年前、それをとりもどす任務を負って地球にきた」

二十五年前――。

その符号にシーナはそっと息を吸いこんだ。

「フェリシアはとりもどすことには成功したが、相手もおとなしく持っていかれるままにはしなかった。かなり激しい攻防になったのだろう。仲間に受け渡す前に相手に追いつかれ、ちょうど君の家のあたりで交戦した。……つまり、巻きこんでしまったわけだ」

シーナは思わず目を閉じた。身体の奥に走った痛みを、拳を握りしめてこらえる。

巻きこまれた。つまり、運が悪かった——、と。

それでも、なぜよりによって自分たちが、という思いがにじんでくる。

「それで?」

固い声でうながしたシーナに、クラインは静かに続けた。

「傷も負っていたし、体調の変化もあった。その時のフェリシアにとって、最優先事項は『種』を守ることだった。だからそれを一時隠すことにした。君の中にな」

頬に触れられた指の感触、重ねられた唇の感触が、まざまざとよみがえる。

では、あの時のキスが——。

三つだった自分の身体に、その「種」が植えつけられた、ということなのだろうか?

さすがにぞっとしない。そんな得体の知れないものが二十五年もずっと自分の身体の中にあったのだとすると。

「『種』は一度別の生体にとりこまれると、そのまま二十五年間は発動しない。冬眠状態のようなものだな。その状態では外からはどうしようもない。だから回収には二十五年、待った。その間に所長が秘密に気づき、局長も荷担した。……というところだろう」

なるほど、とうなずきながらも、疑問は残る。

「だが…、その『種』を手に入れて連中は何をするつもりだったんだ?」

シーナは首をひねった。

もちろん、研究対象としていろいろな研究所に売ることはできるだろうが、しかしそれほどまでして手に入れたいものだろうか？　他の種族の情報など。

「いろいろな使い方はできる。が、何よりもさっきの連中が欲しがっていたのは……寿命、だろうな」

「寿命？」

「シェルフィードの寿命は、平均で七、八百歳はある」

指摘されて、あ…、と、ようやくシーナも気がついた。

「つまりシェルフィードの『種』は、地球人からすれば不老不死のレシピだと……彼らは考えた」

思わず目を閉じて、ハァ…、とシーナは息を吐き出した。

不老不死――。

かぐや姫の昔から、人類が望んでやまない愚かな夢だ。

――と、ふと、シーナはそれに気づく。

「回収、と言ったな？」

うかがうようにクラインを見た。

「どうやってだ…?」

まさか、と思う。

それにクラインはさらりと答えた。

「君の身体の中から『種』を回収する方法は二つある。生きたまま解剖してとり出すか——セックスだ。キスだけで回収できるのか、挿入して射精するのか…、そのあたりはやってみないとわからないが」

思わず額に手をやって、シーナは相棒の寝ころんでいるソファの端に崩れるように腰を下ろした。

はぁぁぁぁ…、と身体がしぼむようなため息を吐き出す。

だからか…、とようやく納得した。連中があれほど自分たちの関係を気にしたのも、フェリシアが…、その、あんなふうに誘ってきたのも。

「……それで……、その『種』はもう回収されたのか……?」

頭を抱えたまま、どこか虚《うつ》ろな声でシーナは尋ねた。

最後まではやっていないが、どのあたりまででその回収が完了するものか、シーナにはまったくわからない。

下から出して口に入れるだけですむのなら——だけ、と言ってしまっていいかどうかは別にして——すでに目的は果たしたのかもしれない。

その問いに、クラインは答えなかった。

代わりにさらに奥の部屋へのドアを開く。

「こい」

短く言われて、シーナはいくぶん緊張して腰を上げた。

フェリシアが……いるのだろうか。

その部屋は三方がガラス張りの広い一室だった。

陽はすでに落ち、まわりの高層ビルと比べても抜きん出て高い階で、月明かりがいっぱいに部屋を満たしている。

観葉植物がいくつもおかれ、生花が飾られ、しかし家具といえば窓際におかれた大きなベッドが一つあるだけだった。が、寝室には見えない。むしろサンルーム、といった雰囲気だ。昼間ならばまばゆいばかりだろう。

そしてそのベッドに、フェリシアがうつぶせに横たわっていた。どうやらシーツを一枚、腰のあたりからかけているだけの全裸の状態で。

「フェリシア……!」

シーナは思わず駆けよった。

まるで眠っているようで…、そっとその口元に指を近づけてみる。が、やはり呼吸はしていなかった。そっと触れた胸にも鼓動はなく、肌も、髪の色もくすんできているようだ。

ごくり、と唾《つば》を飲みこんで、シーナはクラインをふり返った。

「本当に……死んだのか……?」

もうどうしようもないのか…、と、すがるような目で男を見つめてしまう。

そんなシーナからクラインは目をそらすようにしてわずかにうつむき、そして小さく肩を揺らして——笑った。

「おい…、何がおかしい…!?」

カッと頭に血がのぼり、反射的にシーナは男の襟首《えりくび》につかみかかる。

だがそれを避けることもなく、ただ平然と受け止めて、クラインは言った。

「もし『種』を回収できていれば、……まあ、我々にも初めてのケースなのでどう発現するのかはわからないが、フェリシアの変化は羽化でもおかしくはなかった。つまり、……そうだな、母体に変化するようなものだ。厳密に言えば、男でも女でもなくなるのだが。だが残念ながら、これは単なる脱皮のようだ」

「だ…脱皮…?」

そのクラインのあまりに意外な言葉に、思わず襟をつかんだ指から力が抜け、身体から何かがもれるような声でシーナはつぶやいていた。

「脱皮」

物見高くついてきていたランディが鼻を鳴らす。

「脱皮だ」

クラインがくり返した。

「シェルフィードは年に一度の割合で脱皮する。サイクルはあるが、体調や精神状態、生活環境によってもその周期は狂う。長い時で一週間ほど、短ければ、地球人が日焼けで皮が剝《む》けるくらいのものだから、ほんの一時間程度だ。だがその前後には身体的な機能が一気に落ちる。身体が脱皮の準備に入ると、生命活動自体、一時停止する。もちろん意識もない」

説明されて、あ…、とシーナも気がついた。だからホテルで襲われた時、いきなり倒れたのか、と。

もしかすると、二十五年前のあの時も――だろうか。

「そろそろ脱皮が始まる。他の星の人間がめったに見られるものではないぞ」

言われて、ハッとシーナは窓際のベッドをふり返った。息を潜めるようにして、フェリシアの姿を見つめる。

いっぱいに降り注ぐ月明かりの中で、フェリシアの背中がピクン…、と動いた。やがて、流線型のなめらかな身体のラインに沿って、すぅ…、と白い筋が走った――ように見える。

その筋からゆっくりと透明な膜が伸びてきた。身体に沿って流れ落ちるように広がり、全身を覆うほどになる。

そして瞬きもできずに見守る中、その薄い膜は風に吹かれるようにふわりと浮き上がった。

翼というよりも、それは、羽、だった。

軽やかに優美な、蝶《ちょう》のような美しい羽――。

あ…、と、シーナは小さく声を上げていた。

あの時と同じ――だ。そう、この光景を見たのだ。

今、その羽が散らしているのは桜の花びらではなく、月の光だったが。

「脱皮は生まれ変わりに等しい。退化した羽は通常成人には見られないが、こうして脱皮する時には身体を守るように現れる」

クラインが静かに言った。

フェリシアの背中に大きく広がった羽は月光を透かしてやわらかく揺れ、まるで今にも飛び立ちそうに羽ばたく。

――そして。

「ん……」

フェリシアの頭が小さく動いた。白いシーツの上に手足が伸び、何かから抜け出すようにゆっくりと身を起こす。

まさしく、生まれたままの姿で。

真っ白な身体が淡い光の中に浮かび上がる。

フェリシアが目を開いた。

月を映したような、金色の瞳——。

しなやかな両腕が自分の身体を守るように抱きしめる。

そしてその背中で、薄い羽は月の光に溶けるように、あっという間に消えていった。

夢から覚めたように、ようやくシーナは大きく息を吐き出す。

「大丈夫か?」

いつの間にかフェリシアに近づいていたクラインが、羽の代わりにその肩から軽い絹のローブを羽織らせながら尋ねた。

「ああ…」

いつになくぼんやりとした表情だったフェリシアが、それでも頭をはっきりさせるためか、大きく首をふった。

そしてことさら裸体を隠す様子もなく、気だるそうにローブに腕を通す。

それを着こむまでの間、正面からは見る気はなくともすべてが見えてしまう。

シェルフィードには、羞恥心《しゅうちしん》、という感覚はないのだろうか？

見ているこっちの方が気恥ずかしくなるが。

「シーナ…」

思わず、ごほっ、と咳払《せきばら》いをしたシーナにようやく気がついたように、フェリシアが目をすがめて彼を見た。

「事情は話した」

「そうか」

横から端的に告げたクラインに、フェリシアも短く返す。

いつもと同じく、端整で感情のない顔は何を考えているのかわからない。

やがて、フェリシアが静かに顔を上げた。

「明日の夜、時間をもらいたい」

「え？」

思わず聞き返したシーナに、フェリシアは淡々と言った。

「『種』を回収しなければならない。だが今夜はさすがに体調がもどらないからな」

「あ…、ああ……」

それはつまり、具体的にはベッドのお誘いなのだろうが…、妙に味気ないというか、毒気を抜かれる、というのか。

「協力してもらえるとありがたいが」

一瞬、口ごもったシーナだったが、……どちらにしても、嫌、というわけにはいかないのだろう。

シーナにしたところで、いつまでもその「種」を抱えていたいとは思わない。今までは冬眠していたらしいが、この先、身体の中でどんな変化があるかわからないのだ。

わかりました、と精いっぱい平然とした顔で答えようとした時——。

「喜んで」

いきなり横から声がした。ランディだ。

「な…」

そして絶句したシーナをちろっと見上げて、黒犬がにやにやと笑う。

「代わりに答えてやったぞ」

なぜか顔が赤くなって、シーナはものも言わずその頭を殴りつけた。

相棒の首輪を引っつかむようにして部屋を出たシーナは、しかしその翌日、一日足が地に着かないというのか、舞い上がっているというのか、仕事中はまったく落ち着かなかった。

中学生じゃあるまいし、と我ながら情けなくなる。そもそも、フェリシアにとってみれば色っぽい話ではなく、本当に単なる「回収」なのだ。

そう思うと、何だかな…、という気分になるのだが。

自分としては、多分、役得、なのだろうが、フェリシアにとってみればどうなのだろう…？

自分に抱かれるということを、どんなふうに感じているのだろう？

ただの義務——なのだろうか。

シーナはちょっとため息をついた。

※　　※

「秘書官……じゃないんですよね。ええと…、高等判事」

その夜、再びマンションの部屋を訪ねてきたシーナは、どこか落ち着きがなかった。あえて自分と視線を合わそうとしない。

「フェリシアでかまわない」

淡々と答えながらも、フェリシア自身、今まで感じたことのない種類の緊張があった。

――ただ、「種」を回収するだけなのに。

「クライン判事は？」

「彼は先に地球を発った。そんなにヒマな男ではないからな」

きょろきょろとあたりを見まわして尋ねたシーナに、フェリシアは答えた。

自分にしたところで、脱皮で寝ていた間にも日々、審判を下すべき事案はたまっている。

「いた方がよかったか？」

「いいいえ！　まさか！」

ふと尋ねたフェリシアに、シーナはうわずった声であわてたように首をふった。

「あの…」

そしていくぶん口ごもるようにして口を開いたシーナをさえぎるように、フェリシアは静かに言った。

「すまない」

「え？」

意味がわからないように、シーナが見つめ返してくる。

「二十五年前、私は結果的におまえの家族を殺したことになる」

一瞬、息をつめ、そしてシーナがそっと首をふった。

「でもあの時…、俺を助けてくれたのもあなたでしょう？　あの火の海の中から」

そう…、確かにそれはそうだったが、それはシーナを、というよりも、「種」を守るためでもあっただろう。

「……私のミスだからな。火を…、抑えられなかったのも」

いくぶん苦い思いでフェリシアはつぶやいた。そしてまっすぐに顔を上げた。

「君には私を裁く権利がある」

「そんなことは望んでいません」

厳しいほどの口調で、にらむようにフェリシアを見て、シーナがぴしゃりと言った。

「そうか…」

わずかに目を伏せ、フェリシアはつぶやいた。ギュッと、なぜか震えそうになる拳を握りしめる。

シーナがいいと言うのならいいのだろう。

——それだけのこと。

しかしフェリシアは少し息苦しさを覚える。

なぜ、許せるのか。それがこの男の優しさなのか、強さなのか…。

そして自分がそれを持っていないようで、そのことが不安にも、悔しくも思う。

わからない、感じたことのない感情だった。

フェリシアは首をふり、気持ちを切り替えるように言った。

「始めようか」

その言葉に、シーナが少しあわてたように声を上げる。

「えっ？ ——あ、ああ…、そう……ですね」

「多分、君にリードしてもらった方がいいのだろうな。それとも、この間のように私がした方がいいか？」

「いえ……！ 俺が……します」

何気なく尋ねた言葉に、シーナはさらに困ったようにガシガシと頭をかいた。そしてちろり、とどこか上目づかいに見つめてくる。

「その…、ですね。少しはあなたも……楽しんでくれると俺としてはうれしいんですが」

フェリシアは肩をすくめた。自分では何をどう楽しめばいいのかわからなかったが。

知識としてはあった。やり方も知っていた。だが、その行為自体は初めてだったのだ。

「君が楽しませてくれるのなら」

「……努力します」

ため息をつくようにシーナが言った。

リビングから隣の寝室へ移り、ベッドの脇《わき》で着ていたローブを脱ごうとしたフェリシアは、シーナに止められる。

「そのままで」

それに、ふり返ってフェリシアは首をかしげた。

「脱ぐものじゃないのか？」

「着たままの方がそそります。邪魔になったら俺が脱がしますから」

よくわからないが、だったらいいのか…、と思いながら、フェリシアは紐《ひも》だけを解いた。

「目をつぶってください」

背中からささやくように言われ、フェリシアは言われるままに目を閉じた。

さらり、とうなじの髪がかき上げられ、熱い唇が押しあてられる。その熱が肌の奥にまで沁《し》みこんでくるようで、ビクッと、身体が震えた。

背中から抱きしめるようにまわってきた大きな腕がローブの襟をはだけさせ、素肌をたどっていく。手のひらで胸を撫《な》でられ、ざらついた指先に乳首が押しつぶされて、何か得体の知れない痺《しび》れが身体の芯《しん》を走り抜ける。

「あ…」

知らず、小さな声がこぼれ落ちた。わずかに傾《かし》いだ身体が、がっちりと腰にまわされた男の腕に支えられる。

「硬くなってますよ…?」

かすれた声が耳元に吹きこまれ、爪の先で乳首が弾かれた。

いつの間にかピン…と芯を立てていたものが指につままれ、少しきつめにひねり上げられる。

「は…、…ん……っ」

瞬間、鋭い痛みが身体の芯を走り抜けた。しかしそれはすぐに、じくじくと甘い痺れに変わっていく。

「なんか…、結構、感じやすい方ですか…?」

からかっているようでもなく、ただ純粋に意外そうに言われて、カッ…、と頬が熱くなる。

左腕一本でフェリシアの腰をかかえたまま、もう片方の手が裾《すそ》を割ってやわらかな内腿《うちもも》を撫で上げた。

そのまま奥へとすべりこんだ指が、そっとフェリシアの中心を手の中に収める。

ハッと、息をつめるようにフェリシアは身を硬くした。かまわずシーナの手は動き、フェリシアのモノをゆっくりとしごき立てていく。

「あ…、あぁ…っ」

男の手の中で、何かが変わっていく感覚だった。触れられている中心に疼《うず》くような熱がどんどんとたまり、フェリシアはぴったりと背中を抱きしめているシーナの身体に自分の腰を押しつけるようにして、無意識に揺らしてしまう。

「初めてですか?」

やわらかな舌が耳の中に差しこまれ、なめ上げられるようにしてから、そっと尋ねられて。

「そう…だ……」

荒い息をつむぐ唇がようやく答える。

そうする間にもシーナの手の動きはだんだんと速くなって、フェリシアのモノはすっかり形を変えてしまっていた。

足に力が入らない。立っていられなくなって、崩れ落ちそうで、シーナの腕に体重をあずけてしまう。

無意識に自分を支えるシーナの腕に爪を立てた。

「だったら責任を感じますね…。気持ちよくしてあげないと」

クッ…、と喉の奥で笑われて、一気に体中の血が沸騰しそうになる。

「そんなことは……いい…っ。ただ…おまえが……出せば……」

なぜか無性に恥ずかしい気持ちで、うめくようにフェリシアは言った。

そう、自分の感覚などどうでもいいのだ。ただ、この男が出すモノを出せば。

「その気になるためにこうしてるんでしょう?」

どこか余裕を感じさせるそんな言葉に腹立たしくなる。

「ホントに感じやすいんですね…。もうこぼしてる」

低く笑いながら言った今度のセリフは、なかば意図した嫌がらせに近かった。

だが言葉通り、フェリシアのしなりきった先端からはとろりと蜜《みつ》が溢《あふ》れ出していた。それをやわらかな指の腹でぬぐわれ、さらにこすりつけられるようにしてしごかれる。

「……は…っ、……あ…、あぁ……っ!」

全身を走り抜ける刺激に、シーナの腕の中でこらえきれずにフェリシアは大きく身体をのけぞらせた。

「……なんか……ヤバイ……」

息を吸いこみ、うめくような声が耳元でしたかと思うと、フェリシアの身体はいきなりベッドへと放り出される。

あっと思った時には両手をシーツに縫い留められるようにしてシーナの腕に組み伏せられ、正面から顔をのぞきこまれていた。

どこか真剣で、せっぱつまった表情――。

フェリシアもなんとか息を整えながら、じっと男の顔を見る。

三つの時の、自分を心配しておずおずと近づいてきた子供の顔と重なった。

満開に咲いた桜の木の陰に隠れるようにしていたフェリシアを、シーナが見つけた。

あの時……自分がこの男の運命を変えてしまったのだろう。

自分のミスだった。痛恨の。

それを、恨んでいてもいいはずなのに。責任を問うこともできるはずだった。

――しかし。

まっすぐにフェリシアを見下ろしていたシーナが、ふいに大きく笑った。

楽しそうな、屈託のない、無邪気な笑み――。

ハッと、フェリシアは目を見開く。

「ちゃんとキスするの、初めてみたいな気がしますよ……」

そう言うと、シーナの両手がそっと、壊れ物をすくい上げるようにフェリシアの頬を挟みこみ、唇が重ねられる。

軽く触れるだけのキスのあと、もう一度、今度は強く押しあてられる。いくぶん強引な舌先に唇がたどられ、さらに深く、中へと入りこんでくる。

片方の手に顎がつかまれ、舌がからめとられて、むさぼるように吸い上げられた。

そしてようやく離れると、じっとフェリシアを見つめていたシーナがふいに上体を起こし、フェリシアの目の前で着ていたシャツを脱ぎ捨てた。

あらわになったがっちりと逞《たくま》しい肉体に、ふいに動揺するように鼓動が速くなる。無意識にフェリシアは視線をそらしてしまう。

シーナの指が、ゆっくりと確かめるように喉元から胸へと撫で下ろした。

ローブが強引に引き下ろされ、肩をむき出しにされて、嚙みつくように歯が立てられる。そこからむさぼるように、フェリシアの肌を唇がたどっていく。

喉元に、鎖骨に舌が這い、さっき指先でもてあそばれた乳首が舌先で転がされる。ついばまれ、甘嚙みされて、ビクン…、と身体が跳ねてしまう。

唾液《だえき》に濡れた乳首が再び指先でいじられ、押しつぶされて、こぼれそうになるあえぎをフェリシアは必死に唇を嚙んでこらえた。

シーナの手は脇腹《わきばら》から下肢へとすべり、大きく足が広げられる。

閉じられないようにその間に身体をねじこまれ、気がつくと両足を抱え上げられて、その中心にシーナが顔を埋めていた。

「や…、あ……っ!」

あわてて腰をひねって逃れようとしたが、シーナの手にしっかりと腰が押さえこまれ、まともに身動きできないまま、フェリシアのモノは男の口の中にくわえこまれていた。

反射的に伸びたフェリシアの手は、しかし男の短い髪をつかむこともできず、逆に押しつけるようにしてしまう。

「……は…、あ……ん…っ、……んん……っ」

激しく舌でなめられ、口でこすり上げられて。

淫《みだ》らに濡れた音と、自分の荒い息づかいだけが薄闇の中に溶ける。

先端からは止めどなく蜜がこぼれ落ち、その都度、男の舌にぬぐいとられた。

「あぁぁ…っ！」

ザワザワと体中の細胞がうごめき始める。

感じたことのない、身体の奥から自分が別のものに変わっていくような感覚に襲われる。

脱皮したばかりなのに…、また何かがはがれ落ちていくような。

いや、脱皮したばかりだったからこそ、敏感だったのかもしれない。

そう…、きっとそうだ。そうでなければ……こんな――。

与えられる愛撫《あいぶ》に、フェリシアは媚《こ》びるように身体をのたうたせた。

さんざん前をなぶったあと、シーナの舌はさらに奥へとすべりこんでいく。指先にその部分がさらけ出されて、ようやくそれに気づいた。

「あ…っ」

その行為自体は理解していた。もちろん、「回収」する上で、それが一つのやり方だとも。しかし突然のことにうろたえて、無意識に身体を引こうとし、しかしシーナの腕にさらに恥ずかしく足を開かれる。

固く締まった入り口が確かめるように指先になぞられ、舌で溶かされていく。やわらかい感触があたるたび、フェリシアは小さくあえぎながら腰を震わせた。

自分のこぼしたものに濡れた指がそっと押しあてられ、ゆっくりと中へ沈められていく。

ギュッと、固くフェリシアは目をつぶった。

「力を抜いて」

かすれた、低い声でうながされ、フェリシアはようやく息を吐き出す。

「は…、あぁ…っ」

骨っぽい指を根本までくわえこみ、中で大きくまわされて、はぜるように身体が跳ねる。

シーナのもう片方の手が前に伸び、ほったらかしにされていた前をそっと握りこんだ。優しくそれをこすりながら、後ろに入れた指をさらに馴染《なじ》ませるように抜き差しする。

さざ波のような快感が、前から、後ろから押しよせてくる。甘く、縛りつけるように。

「……あぁ…っ、あ…、あ…ん……っ」

何かにすがるようにシーツに爪を立て、フェリシアは首をふりながら夢中でそれを味わっていた。

いつの間にか中に入った指は二本に増え、さらに大きくかき乱される。

自分の前が淫らにしなり、ポタポタと先端から蜜をこぼしているのがたまらなく恥ずかしかった。そしてそんな自分の表情が、じっと熱い眼差しで見つめられているのが。

くそ…っ、と低いうなり声が遠くで聞こえる。

そしていきなり指が引き抜かれると、身体が抱き起こされ、唇が奪われた。

舌がからみ、唾液がこぼれ落ちる。

フェリシアは無意識に腕を伸ばし、シーナの肩にしがみついていた。

おたがいの肌がこすれて生み出す体温を感じる。他者の息づかいと、胸の鼓動を。

なぜか気恥ずかしく、うれしく、……安心する。

固く抱き合ったまま再びシーツに背中を落とされ、しばらく唇と顎と喉元をむさぼられる。

ようやく身体を離したシーナが、大きく息を吐いた。その指先が身体の奥に触れてくる。

「ここに出せば…、一番いいんですよね…?」

フェリシアは返事をせず、ただ目を閉じた。

「入れますよ…」

かすれた、そんな言葉とともに、男の切っ先が押しあてられる。

すでに硬く、大きく猛りきったモノが。

やわらかく溶かされたそこに、先端がもぐりこまされ、そして一気に突き入れられた。

瞬間、自分がどんな声を上げたのかわからなかった。

一瞬の痛みが背筋を焼き、夢中でシーナの背中に爪を立てる。

抵抗を許さない男の腕に身体が引きよせられ、さらに深く、一番奥まで入りこんでくる。

腰をつかんだまま揺さぶられ、大きくまわされて。何度も出し入れされる。

泣いていたのだと、その時には気がつかなかった。決して苦痛とか、嫌悪とかではなかったけれど……なぜ、泣いていたのかも自分ではわからない。

自分でもわからない、苦しいような、切ないような感情が押しよせてきて、コントロールできなくなっていた。

あっという間に理性は熱い波にさらわれ、飲みこまれる。ただ流されるのをこらえるように、フェリシアは男の身体にしがみついた。

そしてシーナが低くうめき、身体の奥にそれが出されたのを感じる。

同時に、自分の中でも何かが弾けていた。

「は…、あ……」

一気に身体が弛緩し、ベッドへ倒れこむ。自分がどうなったのかもわからなかった。

ただ温かい腕の中で、指一本動かせずに目を閉じる。

「大丈夫ですか…?」

心配そうな声が耳をくすぐる。

シーナの指がそっと髪を撫で、額に、唇に優しいキスが落とされる。

心地よい、やわらかなその感触に、フェリシアは吸いこまれていく意識の中で知らず微笑《ほほえ》んでいた――。

※　　　※

シーナが気がついた時、フェリシアの姿はすでになかった。部屋中を捜しても。

翌朝、気もそぞろに出勤し、ＢＪに尋ねると、すでに帰郷した、とあっさり答えられた。

あまりにもあっけなく、やっぱり「種」の回収という目的だけ達せればよかったのか…、と、妙な落胆を覚えてしまう。

夜に同じ月を見上げると、ほんのゆうべのことが夢のように思えてくる。

腕の中にしなやかな感触は確かに残っていたのに。

「月に帰ったか……」

自宅の部屋から夜空を見上げて、シーナはポツリとつぶやいた。

「月？」

仕事帰りにシーナのマンションにより道していたランディが、怪訝な調子で聞き返してくる。

コイツには、日本の昔話的な比喩《ひゆ》はわからないよな…、と思いながら、シーナはただ肩をすくめた。

「月に住んでるのはウサギじゃなかったのか？」

が、そんなふうに言われて、ちょっと笑ってしまう。

月にはいろんなものが住んでいる。……地球人類が移住を始め、幻想を打ち砕いたあとでも。

もっともフェリシアは、「かぐや姫」というよりは、「桜姫」と呼ぶべきなのかもしれない。

桜の下で見つけた、きれいな蝶――。

……桜の木の下には死体が埋まっている、と昔から言われる通り、その羽の下では今日も「審判」を下しているのだろうが。

「フェリシアがシェルフィードだと、おまえは初めから知ってたのか？」

ふと、他人《ひと》んちのソファで我がもの顔に転がっている相棒をふり返って、シーナは尋ねた。

「ああ。もともとBJが先に俺に話したのは、俺には見ればフェリシアが地球人か異星人かの区別はつく。シェルフィードだとわからなくともな。だったら初めから教えておいた方がいい、という判断だった」

「知ってたら言え」

むっつりとにらみつけて、シーナはうめいた。

背中をあずける相棒としての信頼問題だ。

「聞かなかっただろ」

が、あっさりとランディは言った。そして、にやり、と笑う。

「それにおまえが落ちるのを見るのは楽しい」

「落ちる？　何に？」

眉をよせて怪訝に尋ねたシーナに、ランディがつらっと言った。

「恋に」

一瞬、言葉につまる。

「な…、バカ…っ。何だよ、それは」

シーナは強いて平静な顔で言い返した。

が、妙に動揺し、嘘のバレた子供みたいに心臓がドキドキしてしまう。

だがそれは無謀というものだろう。シェルフィード相手に恋に落ちるなど。

報われないことこの上ない。

それでもきっと、しばらくは月を見るたびに思い出すんだろうなあ…、とため息をつく。

そして、桜の季節にも。

新しいトラウマができそうだった……。


その一カ月後。

犯罪捜査局長の「事故死」によって空席になっていたポストに、新しい局長が赴任してきた。

シーナたちにとってみれば、誰が居すわろうとたいした違いではなかったが。

就任の挨拶と訓辞は、局内のビル全体にいっせいに流されたのだが、ちょうど仕事でいなかったシーナは、帰ってきてから局長室へと呼び出された。

かったるい挨拶を聞かずにすんでラッキー、と思っていただけに、げっそりする。

何でわざわざ…、とうんざりしながらも、異様に楽しげな同僚に見送られ、シーナは仕方なくめったに立ち入ったことのない上層階へと足を運ぶ。

秘書室で名前を告げ、中へ案内された。

「失礼します」

と、それでもぴしっと直立不動で敬礼したシーナの前で、窓の外を眺めていた局長が静かにふり返った。

――瞬間。

「フェ…リシア……?」

見覚えのあるその姿に、シーナは顎が外れそうになる。

秘書のフリをしていた時と同様、髪は黒く、瞳も薄紫の、しかし確かにフェリシアだった。

「本日付で着任した。よろしく頼む。……シーナ捜査官」

さらりと言われて、しかしシーナは彼を凝視したまま、言葉も出なかった。

あまりのアホ面にか、フェリシアが薄く笑った。

「シーナ、君には不幸な知らせがある」

そしてまっすぐにシーナを見つめたまま、事務的に口を開く。

だがそんな言葉も、なかばシーナの耳には入っていなかった。

「な、何で……?」

空気の抜けたような声が、身体のどこからかもれて出る。

「残念ながら、本星での検査の結果、『種』が回収できていなかったらしい」

フェリシアが淡々と言った。

「え…？　それって……」

思わず、シーナは目を見開いた。

――それって、つまり？

確かに、不幸な知らせだろう。だがなぜか、心臓はドキドキと音を立て始めていた。

つまり……どういうことだ？

自分で自分に尋ねながらも、身体の奥が疼くような、妙な高揚感がじわじわと湧《わ》き出してくる。

ふっと、フェリシアと視線が重なる。

微妙な空気。おたがいに探るような。

ごくり、とシーナは唾を飲む。

「そういうことだ」

ただ静かに言ったフェリシアの唇には、小さな笑みが浮かんでいた――。

あとがき

こんにちは。キャラさんでは初めまして、になりますね。のっけからこんな話で失礼します。新しいところでのお仕事の場合、できればそれまでに書いたことのないタイプの話を書きたいなー、と思っているのですが、なんと今回は編集さんの方から「人外はいかがですか」というご提示がありまして。最初はリーマンで、とか、学園もので、とか言われたことはあるのですが、「人外で」と言われたのはさすがに初めてです。とてもウキウキしてしまったのですが……しかしいったい私はどういうイメージなんでしょうか。……というわけで、脱皮するエイリアンなのです。相棒は当初アンドロイドを考えていたんですが、途中でなぜか猛烈に犬型宇宙人にしたくなって変更してしまいました。しかも絶対黒！　と思いこんでいたのですが、どうして黒犬なのかは自分でもわからなかったのですよ。そうしたら友人に「ムギ？」と指摘され、そう言われればそのイメージがあったのかも。あれは猫型でしたが。何か他にもあったような気がするんですが……でも刑事の相棒なら黒ですよねえ？　汚れにくいし（そんな理由）。未来ものですので馴染《なじ》みが薄いかと思いますが、根本的にはドタバタ好きなふだんのお話とさして変わりはありません。戦闘シーンがいっぱいなのは相変わらず。これからもこのキャラで書かせていただけるということで、次回はもう少し二人のラブが深まるお話になりそうです。

さて。今回は本当にかつてないほどの極悪な進み具合で、各方面に本当にご迷惑をおかけいたしました。今まで初めての仕事だけは（だけかい）そこそこ優等生だったはずなのに。そしたら「最初の仕事はエッセイだったからでは」と他からすごいつっこみを食らいました。そ、そういえば…。でもそれはカウントしないことにして、きっとこちらでは逆に回を追うごとに優等生になっていくはずです。いや、見捨てられずに仕事が続けばですが。それ以前に、関係皆様の忍耐が続けばでしょうか。担当の押尾さんには本当に本当にお世話になりました。

そして、今回イラストをお願いしました長門《ながと》サイチさんにも、ただでさえめんどくさい設定だというのに大変ご迷惑をおかけしてしまいました…。いただきましたイラストはシーナがすごく男っぽくてかっこよく、フェリシアは美人さんの中にも可愛《かわい》くて、カラーの二人（と一匹）の雰囲気もとても気に入っています。本当にありがとうございました！

そしてこちらを手にとっていただきました皆様にも、こんな感じのお話ですがひとときお楽しみいただければうれしいです。どうかまた、お目にかかれますように——。

四月　桜とともに初鰹《はつがつお》♪　そしてタケノコっ。

水壬楓子《みなみふうこ》

この本を読んでのご意見、ご感想を編集部までお寄せください。

《あて先》〒105－8055　東京都港区芝大門2－2－1　徳間書店　キャラ編集部気付
「桜　姫」係

■初出一覧

桜姫……書き下ろし

Chara

桜姫

【キャラ文庫】

2006年4月30日 初刷

著者 水壬楓子
発行者 市川英子
発行所 株式会社徳間書店
〒105-8055 東京都港区芝大門2-2-1
電話03-5403-4324(販売管理部)
03-5403-4348(編集部)
振替00140-0-44392

印刷・製本 図書印刷株式会社
カバー・口絵 近代美術株式会社
デザイン 間中幸子・海老原秀幸
編集協力 押尾和子

ISBN4-19-900391-6